明天<sub>的我与</sub>昨天<sub>的你约会</sub>

ぼくは明日、昨日のきみとデートする

（日）七月隆文—著

夏殊言—译

化学工业出版社

·北京·

图书在版编目（CIP）数据

明天的我与昨天的你约会 / （日）七月隆文著 ；夏
殊言 译 . — 北京：化学工业出版社，2017.2（2025.8 重印）
ISBN 978-7-122-28519-5

Ⅰ . ① 明… Ⅱ . ① 七… ② 夏… Ⅲ . ① 长篇小说—日
本—现代 Ⅳ . ① I313.45

中国版本图书馆 CIP 数据核字（2016）第 274259 号

BOKU HA ASU, KINOU NO KIMI TO DATE SURU
by
Takafumi Nanatsuki
Original Japanese edition published by Takarajimasha, Inc.
Simplified translation rights arranged with Takarajimasha, Inc.
through Beijing GW Culture Communications Co., Ltd., China.
Simplified translation rights © 2017 by ERC MEDIA(BEIJING), INC.

北京市版权局著作权合同登记号：01-2016-8135

责任编辑：李　壬　　　　　　　封面绘图：Starry 阿星
责任校对：边　涛　　　　　　　内文设计：蚂蚁王国

出版发行：化学工业出版社（北京市东城区青年湖南街 13 号　邮政编码 100011）
印　　装：三河市双峰印刷装订有限公司
880mm×1230mm　1/32　印张 7　字数 130 千字　2025 年 8 月北京第 1 版第 4 次印刷

购书咨询：010-64518888　　　　　　售后服务：010-64518899
网　　址：http://www.cip.com.cn
凡购买本书，如有缺损质量问题，本社销售中心负责调换。

定　价：39.80 元　　　　　　　　　　　版权所有　违者必究

# 目录

序曲　　/ 1

第一章　你　　/ 11

第二章　盒子　　/ 75

第三章　明天的我与昨天的你约会　　/ 149

终章　　/ 173

尾声　　/ 211

# 序曲

一见钟情。

在通往大学的电车上，我怦然心动。

电车驶达每日都要路过的京阪线丹波桥站。开门的一刹那，早高峰的人潮推送她来到我的面前。她就拉着吊环，站在车厢的正中。

她的个子不高，我也没看清长相，但她清丽的长发和乖巧不俗的穿衣搭配，以及周身散发出的气息，给我一种"肯定非常可爱"的预感。

好奇心敦促我一探究竟，我偷偷地向她投去一瞥。

忽然，她抬起头捕捉到我的目光。

我被惊艳到了。

好漂亮的眼睛，赞美在惊喜的那一刹那油然而生。

说绝世美女有些夸张，但她毋庸置疑是一个和风袅袅、容貌端庄的女孩。

但她很快又低下头，大概只是想看看面前站着什么人才抬头的吧。

果然是个可爱的女生。达到甚至超出期望值让我颇感满足，但也开始紧张起来。

当时的心境仅此而已，恐怕我还没意识到心中的某个齿轮已经开始转动。

"祇园四条，祇园四条站到了。"

车内的广播开始报站，几个乘客准备下车。

她为了给下车的人让路便稍稍挪动了一下身体，就是这么一个简单的举动，却让我觉得无比轻盈，仿佛如溪流中绕过河石的花瓣一般自然流畅。

嘿嘿，她给我的好感随着时间开始递增。而且不光是外表，内在看起来也很优秀。

车厢一下子变空不少，我俩也不用再挨得那么近，虽然有些遗憾，我还是很自觉地与她拉开距离。

我站到车门附近，透过车窗心不在焉地看着昏暗的隧道。

就在这个时候。

我"发作"了。

一时间我也挑不出什么词来形容此时的感觉，反正就像是某种潜伏已久的疾病突然发作，满脑子都是她的身影。我不想错过这个女孩。

……

我若无其事地转过头去看她。

她站在我斜对面的车门旁，正在读一册文库本。

当我的视线扫到她时，仿佛心中某种长眠已久的能力被唤醒了。

我慌忙收回视线，不能再看下去了，显然这被唤醒的能力已经对我产生了影响。我的心跳加快，呼吸变得急促。

糟糕，那种感觉来了。

我好歹在这世上存在了五分之一个世纪，这代表着什么当然很清楚。但当这种感觉越来越清晰的时候，我最先想到的居然是：

——还是不要吧。

对，不要。

为什么不要？

因为对方可是个见过一次或许就再也不会见到的人呀。

她只要走出车门，对我来说就是永别了。

如果她是我大学的同学，或者是打工的同事那该多好啊。但如果仅仅是如果，我们之间没有任何交叉点，即便喜欢了又怎么样……还不如没有遇上比较好呢。

"三条，三条站到了。"

车门敞开，这站有很多人准备下车，她会不会也是其中之一呢？我的心像被拧了一下似的。

没有下，还好。我也没到站。

但离我的目的地出町柳只有两站了。

要不我就……

我满怀绝望地注视着她到站下车的背影。

距离出口还有一条上行的自动扶梯,我穿过人潮紧随其后,两人之间保持着五米左右的距离。

除此之外我还能做什么?

要我拿出勇气冲上去搭讪吗?我可做不出来,周围还有这么多人呢。

自动扶梯的尽头是地铁出口和换乘睿山电铁的进站口,我在心中默念了数个神佛名号,希望老天助我让她和我一样换乘而不是就此出站。

结果见她走进了换乘口后,那一瞬间的喜悦和安逸就像跑完马拉松后扑进了浴缸。

但是……

换乘的电车像个沙丁鱼罐头。

沿途不断有人上车,瞧他们的打扮和气质就看得出来是和我一样的美大学生。有人拎着装有习作的硬纸袋,还有一个女生打扮另类,从头到脚都是绿的,连头发也是。四月是开学季,新生尤其是美术生都会争相打扮自己。

在这样的环境中我也只有静静地注视着她了。

她运气比较好,很快就找到了座位,就在车厢的正中间。

看着她的坐姿，我发现她身体各部分的比例是那么的完美。即使坐在一群人中，也能很容易地把她和别人区分开，因为她有一种独特的气质。

这时我才意识到，她应该和我差不多大吧。

——是造形大学？京产大学？还是和我一样是木野美大的学生？

到底是哪一所？她看上去像美术系的学生，但我又不敢确定。

"茶山，茶山站到了。去京都造形艺术大学的乘客请……"

造形大学所在的那一站到站后，学生们一拥而下。这站其他时间很少有人上下车，也只有在上学时间才会派人在检票口负责疏导。

我的心脏咚咚直跳，生怕她也随人潮消失了，转头一看——

没有，还在那里。

车厢门合上，在两声提示音后，电车缓缓启动。

还好，还好。

我真想现在就上前搭话，但一想要在这么多人面前做这种事，又让我畏缩不前。翻来覆去的感觉真是难受死了……还不如给自己一个痛快，在下站就下车算了。我涌起一股想要提早解脱的冲动。

"修学院，修学院站到了。"

我明显感到自己额头的血管在跳动，饶了我吧，我真没用。

好吧……赌一场吧！

如果她和我在同一个站下车，我就上去搭话。

嗯！嗯！就这么定了！

我死盯着地面，暗暗地给自己鼓气。

"宝池，宝池站到了。"

因为是短线，所以站与站之间的距离也不长。

宝池只是我上学路程里位于中间的一站，除此之外没有特别的印象。

这站上车的都是在校外租房的学生，一般这个时间没有人会下车。

但她却站了起来。

不会吧！我差点叫出声。

她从学生堆里穿过，朝车厢后门走去。乘务员见有乘客下车，为了核对车票，便也离开驾驶席走上站台。

我怅然若失地注视着她远去的背影，此时我已不再顾忌她或者别人会发现我不同寻常的视线。

情况突变，我却无能为力。失落的感觉让浮现在脑海中的语言瞬间消失得无影无踪。焦虑、悔恨，以及放弃后的轻松交织在一起抚慰我又刺疼我。


我也站起来。

拎起包，从那帮学生中间穿过，朝电车后部走去。

我看见乘务员正在检查她的月票。

一般我不会这么做，应该说我从来没有这样过。

放弃是我的常规选项。如果只是一个"看上去很可爱""是我喜欢的类型"的女孩，我会毫不犹豫地放弃。

之后我大概只会长叹一声，然后苦笑几下，等到吃中饭时就把这件事忘到了脑后。

但这次不一样。

那种不想放弃的程度不一样。

这个女孩给我一种不同的感觉，仿佛放弃了她，我的人生会变得不完整。

我使出吃奶的劲儿好不容易赶在关门前挤到门口，给乘务员看过月票后，一个箭步跨过与站台相接的短阶，去找寻她的背影。

高中的足球比赛上，我带球闯入对方的禁区将要射门的那种感觉和此时一模一样。

"请问……"

就在听见背后有人搭话的那一瞬间，她那平稳的肩膀微微一颤。

……是在问我吗？似乎带着这样的疑问转过身。

眼神告诉我，她多少还记得我的模样。

丁零，丁零，两声铃响。我俩身后的电车合上了车门。

电车渐渐滑向远方，我的心绪也随之平静。就像跑完一百米缓步走了一段，心跳从130又跌到了90。

"那个……"

开口时，我才发现情商已经透支。

该说什么好呢？第一句话第一个字该发哪个音？

也就在这四分之三秒内，我一个劲儿地"这个""那个"，仿佛在教别人表示方位的指示代词要怎么说。

"能，能告诉我你的邮箱吗？"

虽然蹩脚，但还算个像样的开场。

她诧异地看着我。

我不能卡壳。

"我在电车上看到了你，对你……"

要一鼓作气，把想的全说出来。

"一见钟情！"

她的表情没有任何变化，我这样想时，女孩的嘴唇轻轻地张了一下，仿佛是在说："哎？"

我迅速朝左右看去。还好，没有人。我再次直视着她说：

"很突然吓到你了，十分抱歉。但我没有开玩笑，真的。其实我自己也很吃惊，但我真的……"

我把想到的话竹筒倒豆子似的说给她听。我没想到自己竟然这么能说。

渐渐地，我发觉她没刚才那么紧张了。

她的表情缓和了许多，好像再过一会儿就会尘消雾散露出阳光般的微笑。

等吐完最后一个字，我沉默了。

她也意识到我在等她的回答，便正过身子，面朝我说：

"其实……"

啊，就连声音都这么好听。我有些小激动。

"我没有手机。"

……啊？

没有手机，这也太稀罕了。哦……哦，是这个意思啊。

是变相拒绝我吧。

"唔……我明白了。"

我下意识地露出一个和善的笑脸，打算向她鞠躬道歉后转身离去。

"啊，你弄错了。"

她好像意识到自己的话会让人误解。

"我真的没有手机……"

"……是这样啊。"

那就是说她没有拒绝我咯？我瞬间从马里亚纳海沟飞升上平流层。

"那还真是少见呢。"

她有些尴尬地翘起嘴角，勉强笑了笑。

我猛地意识到自己这样说很失礼，便拼命地想要怎么给她一个台阶下，但她却抢先说：

"我现在要去宝池。"

女孩转过头望向街对面。

狭窄的街道，路旁有一个小小的自行车存放处和一棵花谢了一半的樱花树。

"哦，宝池原来真有个池子啊。我还是第一次在这里下车。"

之后我挠挠头说：

"还真想去看看呢……"

她应该听得出我的弦外之音吧。

……但好像没有。

算了，豁出去了。我又点燃了斗志。

"我能不能和你一起去呢？"

我自信满满地直视着她的双眼。

"因为我想和你聊聊天。"

刹那间，时空在那一刻凝固了。

春日那诱人入眠的暖阳照射在平常得让人不屑入景的站前窄道上，视野中所有色彩仿佛泛起一阵手工饼干没有添加剂的香气，挑逗着我的嗅觉。

在这宁和的氛围中，她那可爱的小脸露出迷人的微笑，带着俏皮的升调回答我说：

"可以呀。"

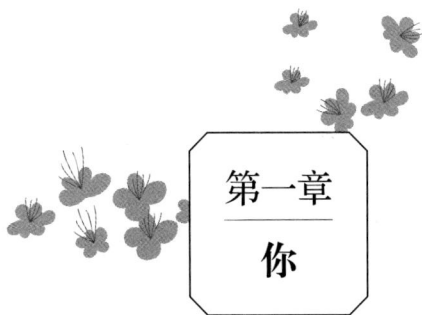

第一章

你

[ *1* ]

“我姓南山，南山高寿。”

“福寿爱美。”

我俩穿过车站旁那条貌似过道的公路，边走边自我介绍。

“福寿？这两个字怎么写？”

“福笑的福，寿就是那个寿。”

她说起福笑，我马上想到过年时玩的蒙眼贴五官的游戏。她笑起来眯着眼睛的样子，也的确很像游戏里那个笑嘻嘻的福神。但我又注意到一件事。

“我们名字里有一个字相同哦。”

“哪个？”

"我名字里的寿和你姓氏的寿是同一个汉字。"

"还真是。"

"真的很巧。"

"是呀，这个字可不常见。"

她莞尔一笑，露出洁白整齐的牙齿。

福寿小姐转过头，有些出神地眺望着远处的天空。

她的鼻梁不高不低，就像平缓的山坡；嘴唇薄厚均匀，唇形精致；下颌和脸颊的线条柔美，总体给人一种很舒服的感觉。

"天气不错啊。"

我没话找话，硬挤了一句出来。

"啊，是的。"

福寿小姐依旧用笑容回应我。

穿过马路，我们走上石桥。

"这条小河一直通往水池。"

福寿小姐手指着水流前行的方向。

"在通往水池的路上有条与道路平行的水渠。每次听见水流的声音就会觉得内心平静许多。"

她似乎也想让我体会这个地方给她带来的感受。我突然觉得，喜欢分享的女孩品性一定不坏。

"我就在前面的木野美术大学读书。"

"啊，我知道那个学校。"

"我读的是漫画系。"

"漫画系？"

"很奇怪吧。在日本提到漫画想到的大概会是少年漫画。但我学的不是这个，具体地说是 Cartoon。"

"Cartoon？"

"类似报纸上的讽刺漫画吧。这么说明白了吗？"

"明白了，我应该看过。"

"我想也是。"

"的确和一般的不一样。"

"那福寿小姐你呢？还在读大学吗？"

"我上的是美容师专科学校。"

"那以后要从事美容方面的工作吗？"

"如果一切顺利的话，应该是吧……唔，其实我还在考虑。"

接触到现在，她最让我欣赏的恐怕是她的声音吧。

澄净，柔和，仿佛随时都会听睡过去一般的治愈。

对，她给人的总体印象用这个词来形容正好：治愈。

"好漂亮啊。"

她眯着眼睛欣赏着河边的樱花树，率真地赞叹道。

"其实今天我才意识到樱花的神奇。只有开花的时候才会发觉，原来这里有一棵樱花树啊。平时根本就不会意识到它的存在。"

听我这么说，她马上睁大眼睛说：

"是啊，我也有这种感觉。对极了。"

也不知道为什么，"对极了"三个字让她说出来会这么可爱。仿佛她是在说给自己听，所以故意翘起尾音，显得圆润可爱。

之前我对她的评价显然偏低了。

那治愈的双眼，优雅的身段，听了让人无比舒心的声线，还有从小动作和语调中表现出来的聪慧与可爱，无一不贴着"完美"的标签。她就像一朵绽放着笑颜的高岭之花。

而我则是一个站在山脚下仰视这朵花的旅人。

似乎太顺利了一点，这种不现实感渐渐转化为不安。

此时，似乎有视线聚焦在我的脸上。

转过头才发现，原来是福寿小姐一直在注视着我。

我们四目相视，她没有移开目光，依然盯着我的眼睛，眼神中带着忧伤。她就像为了要把我画下来，所以拼命记住我长相似的看着我。

"……怎么了？"

"没什么。"

福寿小姐温柔地笑了笑，移开视线。

我突然觉得呼吸困难，心跳得厉害，便故意找了个话头。

"那就是你说的水渠吗？"

"是啊，看来你的确没见过。"

"我还是第一次看到这样的水渠。水都快漫到路面上来了。"

"是呀，上面还漂浮着樱花的花瓣哪。"

"真的有。"

越往前走，公园的气氛也越加浓厚。

前面的弯道两旁栽种着正在吐芽的绿树。转过弯，带着狗狗出来散步的大婶和锻炼跑步的大叔从我们身边路过。

"这里的感觉和我住的山田池公园很像。"

我们一路聊着，不知不觉已经走到了池边。

这个"水池"可比我想的要大得多，本来还以为只是作为景观的小池塘呢。

山丘环绕下的池塘外围是一圈跑道，长长的石桥对面就是京都国际会馆现代化的建筑群。

我们沿着跑道前行，途中拐进了一间小小的休息所。

休息所里有块类似阳台向外延展的区域。我和福寿小姐站在那里，倚靠在石制扶手上，眺望着面前的水池。

微风乍起，吹皱了池水，波光粼粼，几条鲤鱼在水下游动。

"有鲤鱼啊。"

"还挺大的。"

此时她的语气突然变了，变得冷静又慎重。

"请问为什么是我……我……"

我转过头看她，她知道我应该明白她的问题，所以便不再说什么，期待着我的答案。

我就实话实说。

"我不知道。"

这是我现在唯一能给出的答案。

"是一种……感觉吧。"

她默默地听着，把目光转向水面。

"我的直觉告诉我，就是这个人。所以我必须采取行动。如果什么也不做，恐怕会失去很重要的东西。"

我这样说她会明白吗？我不安地看了她一眼，福寿小姐点点头，出神地看着我。

又是那种眼神，想要把我的形象留存在脑海中似的，有些不可思议。

她认真地听我解释，我又鼓起了勇气说：

"你很可爱，就像高山上的花朵，所以我觉得没办法接近你……"

"不是这样的。"

她的语气有些焦急。

池水的波纹在她的瞳中荡漾，她微微一笑，又转过脸望着水面。

接着她抬起头，轻轻地闭上眼睛慢慢呼吸，就像深潜者从海底浮出水面，经过漫长的等待，终于能吸上一口新鲜空气。

她的样子就像孤身走出秘境或者常年独自研究终于结出硕果后的人，让一旁的我忍不住想要上前抱住她。

她睁开眼睛望着天空，出神地沉浸在思绪中。

这份宁静让我焦急不安，难道是我的告白失败了吗？

"对不起，是不是我这么说让你觉得不舒服？"

她摇摇头。

我心中的不安与期待又开始膨胀。

这时她突然抬起手看了看表，那是一只皮革表带、设计简单的手表，感觉和她很配。

她看表时的表情，仿佛蒙上了一层阴霾。

"你有事吗？"

"唔。"

听她的口气，好像是不去不行的要紧事。

"不好意思，我要先走了。"

"没什么。"

她笑着向我道歉，我也只能装出无所谓的样子来压制心中的遗憾。但最后，我还是想确认一下。

"还能再见面吗？"

我问道。

听到这句话的她，哭了。


眼泪从原本还是笑意满满的脸上不停地往下流。

"我这是怎么了……"

她自己也感到十分惊讶，用手去擦眼睛。

那眼泪仿佛是从心中喷涌而出的情感，此时她再也控制不住自己了。

她抱住了我。

轻柔的感触和眼泪的温度。

我也不管之后会发生什么，此时能做的只有牢牢地站在这里让她抱紧。

她的脸紧贴着我的胸口，小声说着我也不明白的话。

这样应该没关系吧……

"……你怎么了？"

她用手捋了捋我的外套，点点头说：

"没什么，只是想起一些伤心的事情……"

她说没什么，但我觉得她只是在刻意回避某些事。

究竟发生什么了？我一点也没有察觉到，之前也没有任何征兆啊。

或许很多人都会选择隐藏自己的感情吧。在人群中，无论发生了什么事情，都会装出一副完全没事的样子，尽量不引起别人的注意。

我还在纠结要不要继续问她时，她已经松开了我的怀抱，抓着我的两腕，抬起头看着我。

沾满泪水的双目注视着我，她张开双唇微笑，露出了雪白的牙齿。

"还会再见面的。"

她回答完我的提问，松开手，上下整理了一下衣服和裙子。

"那就再见了。"

"好……"

"不好意思，我必须走了。"

她一边后退一边说。

"再见啦。"

"唔，路上小心哟。"

福寿小姐苦笑着转过身小跑起来，但跑了几步又回过身说：

"我们明天见！"

说完就消失在樱花飘散的转角处。

对岸的欢笑声飘过水面传进我的耳朵里，温暖而又舒畅，四周的山山水水仿佛一下子变得明艳可爱。

今天出家门时绝对料想不到会遇到百分百的女孩。

我还傻呆呆地伫立在原地，回想着刚才的每一个细节。然后在心中暗暗地，暗暗地雀跃不已。

[ 2 ]

我将来想成为一个插画家。

同时也想成为一个作家。

所以我每天都勤练画技、写小说，甚至试着自己作曲，自学钢琴。总之我每天都过得很充实。

今天晚上也和往常一样，我趴在书桌上创作着我的小说……

只是回家的时候，我在电车上才意识到自己犯了一个致命的失误。就是这个失误搞糟了我的情绪，现在一个字也写不出来。

我给好友上山发了一条短信，让他到家了告诉我一声。

上山是我幼儿园时就认识的好友，他家就在附近。

收到他的回复，我发了一条短信告诉他"那我现在就过去"，然后便出了家门。我一个人可无法解决那个致命的失误。

他家在国道边上，去他家要走捷径的话，只需穿过一块农田。

国道上的车流不息，我翻过农田的栅栏，走过昏暗的小路，没多久，就来到了我那好友的家门前。

"打扰了。"

我在玄关脱下鞋子，叔叔和阿姨知道是我也没特意出门迎接。

屋里那只名叫勘吉的马尔济斯犬叫了几声，我直接上楼走进上山的房间。

"我来咯。"

蹲坐在地毯上的上山朝我点点头，我现在也没心情和他客客气气地打招呼，一屁股就坐了下来。

现在已经是晚上十点多了，聊得晚了，我肯定会睡在他这里。我两经常这样，只要这时候我出门来找上山，基本晚上就不会回去睡了。

上山身高一米九四，虽然长得马马虎虎，但这身材还是很受女孩子欢迎的。

"其实啊……"

于是我就把今天发生的事和上山说了。

听到我在车站叫住福寿小姐的时候，上山突然睁大了眼睛。他肯定是没想到像我这么木讷的人，居然会做出这么直接的举动来吧。

"不错嘛，你小子。"

上山改变了坐姿，开始认真听我述说。我也觉得自己今天表现得很勇敢，不由有些得意。

"后来呢？"

于是我又开始说我和福寿小姐在宝池的经历。

说到这里，明眼人上山马上就指出了我犯的那个致命失误——

"你没问她的联系方式吗？"

我遗憾地点点头。

"不会吧你！"

原本还好好在听着的上山，立刻露出失望的表情。他恐怕有一堆嫌弃我的话想说。

我原本还想解释："那种时候根本没想到这个问题。"但想想还是算了，事后再解释也没意义。

"现在该怎么办？"

"怎么办……"

上山喝了一口茶说。

"唔，只有名字吗？"

"她说她在美容师学校上学……啊，她知道我的学校，我也告诉过她专业。"

"你觉得她会来找你？"

我不太有信心地回答道：

"大概会吧……"

"应该说你也不知道吧。"

见我这么苦恼，上山用力地拍了下我的肩膀。

"没问题的，要有信心！"

不知道为什么，被他这么一说，我的心情突然好了许多。或许我就是为了求一份安心才来找他的。

时间已经接近凌晨一点，我们铺好被褥，熄灭荧光灯。

"你说，她为什么会抱我啊？"

我问上山。

"哈哈，把你吓坏了？"

"那倒没有，只是不明白她为什么这么做。"

上山没有接我的话，因为我们两人都不明白福寿小姐这么做的动机。

"对了。"

上山突然转换了话题。

"我决定要做个厨师！"

这还真新鲜，之前从来没听他说起过。

"……为什么？"

"我不是在'食否'打工吗？"

"哦，是的。"

"食否"是本地一家餐馆的名字。

"那又怎么了？怎么突然想要去当厨师？"

"……这是有原因的。"

"什么原因？"

两人就在有一句没一句的问答中渐渐沉入梦乡，困扰在我心头的疑惑还是没有消散。

我和她的邂逅如此突然，昨日和今日的自己变化如此巨大。这就是命运吗？

闭上眼睛，马上就看到了福寿小姐的面容。

胸口好憋闷，喘不上气，却也叫不出来。

"还会见面的。"

我回想着她说过的话和道别时的神情沉沉睡去。

## [ 3 ]

我这个专业有一项实践课程是去动物园素描。

素描可比一般的写生要难，但也很有趣。今天就是外出素描的日子。但要先去学校报到。

学校建在山脚下，大二末期，我们专业的教室换到了校园最深处的一栋楼里。

推开黑色的教室大门，里面三三两两已经到了几个同学。整个专业的人数也少得可怜，似乎上了大学以后和读高中时没什么区别。

我坐下开始吃自己做的便当，顺便从抽屉里拿出 B5 的肯特纸和要用的画材。

吃完后正打算走出教室，我突然回头看了一眼教室里的同学。

他们对课业也不怎么感兴趣，经常在上课后才匆匆跑进教室，每天过着做一天和尚撞一天钟的日子。

真是浪费啊。

父母替你们支付了高额的学费，你们却在这里浪费青春。不是有这么多的事等着你们来做吗?

自以为很成熟的想法让我产生了一种优越感。

"我和他们不一样，要成为人上人。"

这迟到的"中二病❶"当然不能对外人说，但我却在为此暗暗地努力着，并且相信自己终究会达成心中的目标。

---

❶中二病是"（日本的）初中二年级学生在青春期初期萌发因渴望成长，而做出逞强的行为和语言"的自嘲词语，对应年龄一般为 14 岁。不过在之后，它转之变成了嘲笑"青春期少年充满爱的空想"的网络语。

　　搭乘京阪电车在三条站下车后，穿过平安神宫那座巨大的鸟居（第一次见时真是惊呆了），尽头就是京都市动物园。

　　我在售票处出示了学生证和学校开的出入证明。学生凭这张写有姓名和学籍编号的证明就能免费出入一些收费的公共场所，这还要多亏本地政府对教育事业的大力支持。

　　走进拱门，就能看见那熟悉的巨型半球形鸟笼。

　　该画些什么好呢？我一边想，一边朝许久未画过的长颈鹿区走去。

　　好大呀。第一次来动物园时，长颈鹿的存在感最为强烈。

　　我把宝特瓶夹在腋下，拿出肯特纸和素描笔还有墨水，用笔尖蘸了一些墨水后就开始画起来。

　　今天的阳光强烈，照在白纸上有反光。

　　……

　　我转眼去看草地，让眼睛休息下。就在这时我想起了她。

　　今天在去上课的途中，我一直在车厢里搜索着她的身影。

　　但毫无收获，昨天发生的事就像梦境似的渐渐变得模糊，这种感觉让我很害怕。

　　是不是再也见不到了？每当想起她时，不安与自信就开始在心中对垒。唉，真是烦人啊。真想把好的坏的都说给别人听听。

　　"哟。"

　　向我打招呼的是林同学。

　　林的眉毛就像毛虫一样又粗又浓，他的特技是模仿米老鼠的声音。

"好啊。岛袋和西内君呢？"

"他们都来了。"

我们四人在班级里属于同一个小组，因为都坐京阪电铁上下学，所以被称为"京阪组"。在大家的印象里京阪组是个认真学习的模范小组。

我和林站在一起开始素描。

"你昨天是不是在宝池下车了？"

"……"

我没说话。

怎么办？要不要直说呢。说了很难解释吧。

"你也在吗？"

"我在前面一节车厢。"

"是吗。"

"你是不是和一个女孩说话了？"

心脏狂跳，毛孔一下子都张开了。他连这都看见了啊。

"我还是第一次见你跑得那么快。"

"……啊，唔。"

"难道你……"

"……"

"在电车上性骚扰？"

"拜托！"

"那你跑什么？"

"……人家东西掉了，我给送过去。"

"哦，是这样啊。你也没顺便要个电话号码什么的？"

"哈哈哈。"

其实我不光要了还和人逛街了呢。

长颈鹿转过身，把屁股朝向我们，开始低头吃草。

哟，停下不动了，这可是个好机会。我和林开始奋笔急挥。

一旦进入状态，紧张感随之而来。

能一直这样从头画到尾就好了。

想要画得好，一笔一画都很重要。这可是素描，没工夫给你涂涂改改。如果出错，那整幅作品也就毁了。

但长颈鹿不可能一直都保持同样的姿势，画不画得好就要看笔有多快。我睁大双眼，牵扯着线条在画纸上游走。

——完成啦！

画好了。我很满意，尤其是屁股的线条堪称完美。

"画得不错嘛。"

我听见背后有人说话。

如果是别人，仅仅见过一两次，突然在背后向你搭话，你可能还听不出是谁。

但她的声音我一下子就听出来了。

转过头，看见福寿小姐若无其事地站在那里，好像三分钟前我们才刚刚分别似的。

我的脑袋就像打开太多网页的电脑一样暂时卡住了。而她则站在我的身边认真地看着我画的素描。

"咦,是在教室里贴出来的那张。"

"哎?"

"唔,屁股的线条画得很好呀。"

"是啊,这部分我也很满意。"

听见自豪之处被人夸奖,我高兴得都快飘起来了。

"脖子这边也很不错。"

"是呀,是呀,也挺不错的呀。"

她这种带"呀"的说话方式真可爱。确信中混合着一点小惊讶,虽然很少有人这么说,却一点儿也不会让人讨厌,反而觉得亲切和可爱。

"福寿小姐也画画吗?"

"完全不会,我顶多在写信的时候画个表情。"

不过评价起来倒很专业啊。

我好像把林的存在给忘了。

他发觉就发觉了呗,反正也躲不了了,还是继续和福寿小姐聊天比较重要。

"你怎么知道我在这里?"

"我问了人,是和你一个年级的同学,他说你们应该在这里。"

她说着还吐了下小舌头,露出了道歉的表情。

"对不起，如果当时我问你联系方式就好了。"

"啊呀，没什么。"

能再见到你就好了。

"你好。"

她向我身边的林打招呼。

"你是南山君的朋友吗？"

切入的方式十分自然，像一阵清风，随时随地能够融入当时的气氛。只是……

"是，是的。"

我还是第一次见那小子紧张成这样。

不过就算对方再怎么亲切，看见这么可爱的女孩向自己搭话，换谁都会紧张的吧。常年单身的我十分理解他的感受。

林像个机器人似的转过头来对我说：

"那我去那边画狮子了。"

表面上他是不想当电灯泡打扰我们便匆匆退去，但我觉得他只是拒绝受到单身打击罢了。只不过待会儿肯定少不了要被他问东问西。

福寿小姐目送着林远去，然后转身对我说：

"不好意思啊。"

"啊？没事。"

我的声音都不知不觉提高了几个分贝，看来兴奋之情早已溢于言表。

终于"再见"了。

而且是向我的同学打听我的去向后找来的。

昨晚的烦恼顿时烟消云散，我虽然装得很平静，内心又怎么会像说的那样"没事"呢。

我感觉体内的气压异常，又快憋得喘不过气来了，连手指头都开始不听使唤。我慌慌张张地想要盖上墨水瓶的盖子。

"啊！"

瓶子倾斜，差点倒翻……还好。

"呀，不好意思。没吓着吧。"

我转过头对她说，她则松了一口气嗔怪道：

"你也真是的，小心一点啊。这么重要的画。"

"唔。"

我想起有些事要问她。

"今天怎么突然想到要来找我了？"

福寿小姐有些害羞地别过头，或许是为了掩饰，她又微笑着转过脸说：

"不是说好了明天见吗？"

不好，我发觉自己开始下意识地贼笑。于是连忙抬起手捂住嘴转换话题。

"哦，这样啊。你是第一次来这个动物园吗？"

"是的。"

"那我带你逛逛吧，我经常来，对这里很熟。"

于是福寿小姐就在我的带领下开始巡游动物园。

以眼前的长颈鹿为起点，我们依次去看了咕噜咕噜不停发出重低音的狮子，长得大便便也特大的大象，像鸵鸟却又不是鸵鸟、眼睛也一样圆滚滚的鸸鹋，还有在栅栏里悠闲地嚼着草料的山羊。

福寿小姐时而惊讶，时而大笑，看得出她非常高兴。其实动物园给人带来的乐趣不仅仅是动物，还有看动物的人。见她这么开心，我的心情也十分舒畅。

一路上碰见不少同班同学，但他们看见我身边的福寿小姐，都很自觉地没有上来打招呼。

我们在企鹅馆里的长椅上休息。

"真可爱呀。"

洪堡企鹅在水池中踱步。

两人沉浸在这悠闲的时光中，仿佛四周的空气都静止了，只有我们俩被包裹在幸福的氛围之中。

两人都不再说话，我偷偷地去看身边这个可爱的女孩。

从短袖中伸出的两条手腕光滑柔嫩。

我知道大部分女孩子的手都很好看，但还没看过这么漂亮的。手臂的肤质细腻，就像剥掉叶片的玉葱，连我这样的男生都忍不住羡慕起来。

越看我越觉得，这个浑身都贴着完美标签的女孩给人一种说不出的压力。

恐怕林也是这么觉得的吧。不光是他，在动物园内走动时，我发觉她总是能引起身边人的注意。她是一个能牵动他人目光，并且散发出无形的吸引力的美少女。

想到这里，我又偷偷地把目光从她的手臂上移开，仿佛自己的视线亵渎了完美的化身。

"小时候我有一次差点死掉了。"

不知怎么的，静默的两人萌生了一点尴尬的气氛。于是我抛出一个和人聊天时的常用话题。

"五岁的时候遇到了地震。就是那场大地震，我家的房子损坏得很厉害，差不多塌了一半。"

她听得很入神。

"还好没出什么大事，家里人都平安无事，后来也拿到了保险金。但当时真的吓坏了，福寿小姐那时候也没事吧？"

"唔。"

"那就好，真的很惨。那个摇啊晃啊。我把被子顶在脑袋上，刚想房子撑得住吗，结果就听'咔嚓'一声，房子倾斜了。然后就闻到了一股恶臭，原来是被子烧着了，是被电暖炉点着的。我急忙把被子甩开，心想这下可完蛋了，只有等死的份儿。当时我只有五岁，在快塌的房子里一个劲儿地哭，还大喊着要死啦要死啦。就在这个时候……"

我换了一口气。

"阳台的窗户打开了，一个不认识的阿姨突然爬了进来。"

"阿姨？"

"是啊，反正是个没有见过的人。她拉着我的胳膊把我背起来，大概还说了抓紧之类的话。然后她就背着我从阳台爬出去了……我这才捡了一条命啊。"

"……是呀。"

等我说完，这才发现她的眼睛有些湿润。

"等我们刚爬到地面，从我的房间里就冒出了一团大火。那场面印象特别深刻，如果没那个阿姨我死定了，她可是我的救命恩人。"

"那之后那个人还好吗？"

"我庆幸自己还活着，她紧紧地抱着我。我记得她身上的味道很好闻，人也长得很漂亮。没多久就听见父母来找我的呼喊声，阿姨和我道别后就离开了。后来我们去找她也没找到。所以……"

广播突然切换了音乐，开始播放即将关门的通知。

"都四点半了。"

我抬头看看天，天色的确开始变暗。

"南山君。"

她叫着我的名字。

"哎，可以称呼你南山君吗？"

"当然可以。"

"其实我也有一次差点就死了。"

福寿小姐说。

"是吗？"

"唔，而且也是在五岁的时候。"

我有些诧异。

"哈哈，好巧哦。"

她爽朗地笑着说。

我看见夕阳逐渐退去，天慢慢黑了。

"我们走吧。"

"好的。"

我起身时突然想起来，还没问她联系方式。

"怎么了？"

"那个，能不能告诉我你的联系方式啊。"

我战战兢兢地问道。

"是啊，我还没说！"

她也突然睁大了眼睛。

"其实我就是为这事来的。"

她不好意思地笑起来，嘲笑自己笨笨的。

我一听说她是特意来和我交换联系方式的，心里那朵飘飘然的云彩又忽悠忽悠地往上升。真不得了，这下连耳根都开始红了。我不停地摸脸和耳朵想要掩饰自己的喜悦。

于是我俩又坐下。

"电话号码可以吗？"

"你告诉我，我打给你好了。"

"请等一下。"

说着她打开包。

"刚租的房子，号码我也没背出来。"

说着她拿出一个记事本。本子的封面很素净，有一种年代感。

"啊，不是这本。"

她慌慌张张地换了一个新本子。

"那个是我以前经常用的。"

大概是发觉我对刚才的记事本很在意吧，她对我解释道。

我记下了她的电话号码，开头是 075 三个数字，她也在本子上用圆珠笔认认真真地写下了我的号码。

"这样就行了吧。"

"唔！"

于是我就和福寿小姐圆满地交换了联系方式。


"快去约她啊。"

上山让我乘胜追击。

"啊？"

"不管是喝杯茶还是吃碗面，起码要来一次像样的约会吧。"

我出神地望着天花板。

晚上我又急急忙忙地跑到上山家里报告今天的发展，但听他这么一说突然有些失落。

"但会不会太急了……？"

"哈？！"上山急了，"你都说对她一见钟情了吧？"

"是啊。"

"而且那个福寿小姐还这么主动，特意跑来告诉你自己的联系方式。"

"……是呀。"

"你们还交换了联系方式，你没说要送她回家吗？"

我心里咯噔一声。

"要……送她回家吗？"

"你没有吗？我的天哪。你们分别的时候她大概会想：咦？这个人说喜欢我，为什么不送我回家呢？"

"……"

此刻我的感受就像辛辛苦苦爬上半山腰，正在感叹景色真美啊的时候，结果一个不小心又滑到了山脚下。

"那我该怎么办？"

"唔，听你刚才说的，我觉得你们现在的进展十分顺利。"

"是，是很顺利吧。"

我抓住他抛过来的救命稻草。

"你觉得有希望吗？"

"应该有吧。"

"肯定，肯定有的！"

刚刚才涌上心头的不安突然转换成了斗志。

上山注视着傻得冒泡的我，突然说出了让我意外的话。

"你现在就打电话。"

"什么？"

"约她出来！"

"……现在？"

"现在。"

"但是……"

"哪儿来那么多废话，让你打就快打。"

上山这个老手一本正经地对我说。但刚拿到电话号码就约人家出来，对我这个恋爱新鲜人来说却是万万也做不到的事啊。

昨天我才发现自己是恋爱战五渣，而今天我又发现我的战斗力连五都没有，根本就是负数。

"你这样可不行啊。以后要怎么和女生交往下去？"

又被戳了一刀，以前如果听到相同的话，我顶多苦笑几声，而今天则变成了哀嚎。我讨厌自己这个感情白痴。

尤其是在有喜欢的人的时候。

"明白了……我去打电话。"

"好样的！"

我拿出手机，从通讯录里找出福寿小姐的号码。

"……一开始我要说什么好呢？"

"你就说今天多谢你陪我。"

"快给我张纸，我要记下来。"

"要不要这样啊你？"

"我可不像你那么轻车熟路，这方面我是彻彻底底的新人啊。"

说得我自己都觉得可怜，在与她相识之前，我的恋爱等级还是初始状态。所以之前从来没考虑过细节。

我在纸上写下"今天很感谢你"。嗯，记好了，待会儿一定要说出来。

"接下来呢？"

"我想想……你突然出现吓了我一跳，但我很开心。这周末有空吗，我想见你。"

"哦，约她去哪里？"

"这你总要自己想吧。"

"……好吧，看电影怎么样？"

"不赖。"

"但网上不是说，第一次约会最好不要看电影吗？"

"啊？有这种说法吗？你没经验还是按套路出牌比较好。"

我一笔一笔地写下来。

"那……我就打啦。"

"打吧。"

我看到"福寿爱美"这个名字，种种不安又像蒸桑拿时的汗水一样从心里渗了出来。现在打是不是太晚了，我打电话不会结巴吧。

终于按下了拨号键。接通之前那段时间我的大脑一片空白，只听见等候音响了又响，心脏都快从喉咙里蹦出来了。

"这年头还没有手机，可真是奇怪啊。"

上山自言自语。

差不多在等候音第二次结束时，电话被接起了。

"喂喂。"

"啊，请问是福寿小姐家吗？"

我这不是说得挺顺吗。

"南山君？"

听见她叫我的名字，我这才安心了，也才意识到电话接通了。

"唔，唔，是我，你现在不忙吧？"

"不忙。"

"那就好。"

我慌里慌张地拿出刚才写好笔记的纸。

"今天很感谢你能陪我。"

上山偷笑着看我的好戏。

"没有，哪里的话。"

电话里她的声音端庄又大方。

"不好意思，这么突然来了。"

我想说的话让她先说了。

"没有没有，我完全不介意。"

我一边说一边去找笔记。但上山那小子居然把纸拿走了。

"啊！"

"怎么了？"

"没什么，没事，那个……"

没了笔记我的脑袋就像翻倒的书架，我拼命从一地的文章里找有用的词句。

"你能来我真的很高兴。"

现在也只能临场发挥，想到什么说什么了。

上山嘿嘿一笑，对我竖起大拇指。

"昨天，因为没问你的联系方式。我一晚上都没睡好。"

"我也是呢。所以才怪自己。"

我们异口同声地笑了。

这种感觉真好啊。

上山在一旁比画着，让我快说约会的事。我朝他点点头。

"那个，周末，你有事吗？"

"没有。"

"那我们一起去看电影吧。"

"好呀。"

她回答得很爽快，我也顺势而下。

"太好了，那么周几比较合适？"

想不到一切顺利。

"那就周六吧，晚安。"

"唔，晚安。"

连挂电话的时机都那么吻合，有种莫名的感动。

放下手机，我也竖起了大拇指。

刹那间——就像被人按下了"高兴"的开关似的狂喜不已。

"太好啦！"

上山走过来，我们击掌庆祝。

"干得好！"

"是我教得好。"

上山苦笑着说。

"真是太棒了。"

"哈哈……"

我大笑两声，重重地点了点头。能让这小子给我点赞可不容易啊。

[ *4* ]

周六，我走在三条河原町大街上。

两小时后就是扣人心弦的约会啦。

上山强烈建议我要先去踩点。

他说你至少要知道路怎么走吧。如果到时候还迷路或者找不到想去的地方，肯定会给人留下"不靠谱"的印象，搞不好会变成最后一次约会。

不过上山他自己从来都不踩点。用他的话来说，车到山前必有路，人要学会随机应变，见机行事。

与动物园相反方向的河原町大街我很少来。要来也只是在这里的大型书店买书，买完就径直回家。因为在中二病的我看来"像我这么高大上的人才不会来这种俗气的地方玩呢"。

大街两旁都是些时髦的店铺，走着走着我似乎也没有那么排斥了。我拿出手机，按照地图导航穿梭在休息日的人潮中朝目标电影院走去。

……

但实话说，我此刻的心情可没那么轻松。

我在为两小时后的约会担心。

还有，昨天发生的一件事让我十分在意。

昨天我像往常一样，先去教室吃便当。走进教室才发现墙上贴着十二张素描。

这十二张素描是从动物园素描的作业里选出来的。挑选的人不是教授，而是一个名叫德田的同学。

在我们班画技最强的人有两个，德田便是其一。他大概觉得自己有这个资格，便擅自选了十二张贴了出来。

其中就有我画的那张。

长颈鹿。

看到这张画时，我突然想起那天的一个细节。

福寿小姐当时是不是说了一句话？

具体说了什么我记不清了，但记得她好像提起过"贴在教室里"这几个字。

或许是我听错了，也或许是我理解错了，但这件事还是挠得我心痒痒的，总有种不可思议的气氛飘荡在其中。还是碰面的时候当面问她一下吧。

——我走进了商店街。

看着手机上的地图，我闷着头往前走。这里的商店街和我印象里的完全不一样。

主要是店铺里卖的东西很不一样。

那是卖扇子的店吗？

橱窗里摆放着各种扇子。有传统和风的，也有京都特色的，看上去是一家很上档次的店铺。

不知道她喜不喜欢这种古风的东西，但我感觉她应该会喜欢。

像这样东走走西逛逛，我才发现河原町大街和城里其他地方一样，像这样的店其实还挺多的。

她喜欢逛街？她看见不同的店铺会有怎么样的反应？她真的会来吗？

想法越来越消极了啊。我拐进了另外一条商店街。

看了看两旁的店铺，发现一家立食日式炸鸡店前排起了长龙，店里站满了附近初中和高中的女生。这家店在这应该挺有名的，只是我孤陋寡闻。我瞄了一眼价格牌，一份炸鸡两百日元。

来一份试试吧，刚好午饭还没吃呢。

于是我排到队尾，朝四周看时，隔壁那家店引起了我的兴趣。

是一家披萨店，同样是立食也可外带，放在陈列柜的披萨标价是一片一百日元。但店里一个人也没有，和隔壁热闹的炸鸡店相比，这家店显得格外冷清。

我还没去过立食的披萨店，所以来了兴趣。

反正吃披萨还比较便宜。

于是我离开了队伍，走进披萨店。离开多数选择少数需要一些勇气。

披萨有三种。我问戴着个厨师帽、和我差不多大的女店员：

"哪种比较好吃？"

"我们会为您现场烹制哦。"

我发觉自己问了个蠢问题，毕竟口味因人而异。于是我就选了个最普通的玛格丽塔披萨。

选好后我稍稍向后站，等厨师做好后，我拿起放在塑料盘里的披萨一口咬了下去。

真是好吃到眉毛掉下来。

没想到这么好吃，应该是吃过的披萨中最好吃的。

我在各种店里吃过披萨，其中也包括传统的披萨专卖店，但都没有这么好吃的。

一边吃，一边不住地发出感叹。这种不添加调味剂，纯以食材调配的口感实在是太棒了。我的食欲大增，三两口就吃完了一块。

为什么这么好吃的披萨才卖一百日元，而且还没人排队，真搞不明白……

真心觉得不可思议，但也产生了"发现宝地"的成就感。

——一定要让她尝尝。我下定决心。

这么好吃的东西，怎么能让我一人独享。和福寿小姐一起吃肯定更加美味。

这时我意识到一件事。

最近我无论想到什么，都会和她联系在一起。

看到好玩的事情了，就想让她也看到。吃到了好吃的东西，就想让她也尝尝。

我会想象她的反应，是不是和我一样喜欢，是不是也很高兴……

现在的我不再是自己好就觉得好，更加希望能够和她一起分享。

啊啊……

原来喜欢上一个人是这样的感觉啊。

走在熙熙攘攘的大街上，我突然觉得很幸福，仿佛切实地抓住了一样很缥缈的东西，把它塞进了胸口。

不管将来如何，我相信自己自始至终都会感谢她让我体会到了真正的爱情。

[ *5* ]

离约定的时间还差二十分钟，我开始往碰头的地点走去。

吃完披萨后我在书店和便利店里闲逛。随着时间一分一秒地临近，紧张感也越来越强烈。我的两条腿都不那么愿意配合，走起路来也拖拖拉拉。

出了罗森便利店，我走上车站对面的三条大桥。

桥下的鸭川岸边上，坐着不少情侣。今天是休息日，天气也很暖和，所以人特别多。待会儿就要和福寿小姐约会了，绷紧的心弦又被扯动了一下。

远处的四条大桥上有许多人来来回回，站在这里看去，他们就像微缩模型里的人偶。而我的身后，则是壮丽的青山。

我走向通往京阪三条站的阶梯，约定见面的地方就是站前那个标志性雕塑"扭扭三柱"。

已经到了——远远地就看到了她的身影。

也就在看到她的那一瞬间，我体内的压力达到了临界点。

她也马上发现了我，微笑时洁白的牙齿特别醒目。

她的笑容仿佛有魔力，让原本紧张得快要崩溃的我一下子放松下来。

我抬起手轻挥了两下，朝她走去。

"来得真早啊，你什么时候到的呀？"

"两三分钟前吧。"

"是吗，不好意思让你等了。"

我也不自觉地跟着傻笑。

"那我们走吧。"

"好的。"

约会开始啦。

走在身边的她今天穿得要比平常稍稍靓丽一些，看得出她为了约会精心准备过。

看来她对这次约会也很用心，但刚刚竖立起来的信心很快又不见了。

为什么我会这么没用，因为她实在是太"完美"了。从上而下，无论男女都挑不出一个刺儿来。完全是我理想中的，正统派的美少女。这样的女孩，又怎么会看上我这个年轻无为的中二青年呢？

发觉我若有所思地看着她，福寿小姐略带疑惑，却依旧展现出最美好的笑容。

我连忙转过头说：

"今天你穿得很漂亮。"

"谢谢。"

连"谢谢"两个字都说得那么好听。

福寿小姐，你为什么会这么完美呢。


"哇！"

我们刚登上三条大桥，她就不禁赞叹起来。

虽然河原町大街的景色算不上美轮美奂也不壮观，却很能体现出京都的个性。

"你没来过这里吗？"

"只来过两次。很久以前的事了，都不怎么记得。"

我们在桥上行走，福寿小姐充满好奇的目光在四处寻找。

"你看你看，南山君。"

她指着鸭川的那一头。

"那座山很漂亮吧。"

"是啊。"

"山上的绿色逐层渐变，看起来真美。"

"的确是呢。"

每当发现新东西，她都表现得很兴奋。

"好多人呀。"

她指着沿河坐着的那些人说。不光是情侣，还有朋友和夫妻带着孩子。

"每一组人的间距都差不多，不知不觉就形成了这样的场面。好厉害呀。"

"为什么会这样啊？他们之间也没人用绳子隔开，也没有画出提醒人不可以靠近的红线。"

她一边说，一边还用手指比画着。

压力又开始增大，她的兴致比我想象中要来得高。

难道说，福寿小姐也很紧张吗？

"啊，那家星巴克的装潢好漂亮啊。"

她又找到了新的目标，就在罗森的正对面，鸭川沿岸有一家星巴克。

"那边也是星巴克的一部分吗？"

她指着建筑物的下方，沿着河堤有一排纳凉椅，后面是一个开着落地窗的房间，里面有一小群人坐在沙发上。

"是不是啊？"

我也没进去过，所以不知道。

"我想是的吧。哇，气氛真好。"

"待会儿要不要过去看看？"

"好！"

于是我们来到河原町大街，拐进商店街。

"我还是第一次来这里。"

"是吗？"

幸亏我之前来踩过点，不然可没自信带着她到处逛。

好奇心让她的双眼闪闪发光，不停地在各家店铺前驻足观望。福寿小姐赞叹时扬起嘴角的样子太可爱了，不由得让人联想到猫咪。

"呀！"

她又被什么吸引到了。原来是那家扇子店。

"你喜欢工艺品吗？"

"唔！"

"要不要再看一会儿？"

"好呀。"

她开心地回答道，但又问：

"时间来得及吗？"

我看了看手表，应该还有时间。

我俩站在扇子店展示窗前。

有樱花散落图案的普通扇面，还有印有平安绘卷的高档扇面。所有的扇子摆放成缺月的形状展示着。

"真好玩。"

她指着扇子拼成的月亮说。

"是啊，这还挺有创意的。"

"唔。"

我和她靠得很近，几乎能感受到她的体温，另外还有她身上的复杂的香气。她擦的香水很好闻,或者那是洗发香波的味道。总之闻得越多，我的心就越像被小猫挠了似的痒得都有些疼了。

"福寿小姐你喜欢哪个？"

我赶紧想个问题来转移注意。

"……好难选啊。"

她皱着眉头，弯下腰，用手空点着一把把做工精美的扇子。

"……唔……"

她认真的表情也很美。

我们走进另一条商店街，她马上就发现了炸鸡店前的长龙。

"是日式炸鸡吗？"

轮到我表现的时候了。

我装出很随意的样子对她说：

"旁边那家披萨店很好吃哦。"

"真的吗？"

听到"好吃"两个字，如果她有兔子一样的长耳朵，恐怕一下子就竖起来了吧。

"要不要去尝尝？"

"要的要的！"

于是我们走到吧台前，幸好店员已经换班，如果刚才那个店员看到我带着女生再次光临，大概会忍不住偷笑。

"我们会为您现场烹制哦。"

原来是准备好的台词啊。

我付了钱，接过披萨。她在琢磨哪种披萨比较好吃上花费了一点时间。

"真有意思。"

"是啊，这种售卖方式很少见。"

"那我就……不客气啦。"

我看着她把披萨放进嘴里，心里很紧张。

没问题吧？她肯定会说好吃的，因为真的很好吃……

答案是……

嘴里的披萨还没下咽，她就双眼发光，拼命夸赞道：

"太好吃啦！"

这么直接的赞叹吓了我一跳。

"真是太美味啦。"

"唔唔！怎么这么好吃！太棒了这个披萨！"

看着她大快朵颐的模样，我在心中摆了一个胜利的POSE。

于是我俩就带着最佳状态走进了电影院。

## [ *6* ]

"电影很好看！"

"你喜欢就好。"

走出私人影院，我俩都对电影赞不绝口。

我选了一部大众口味的谍战动作片。一开始我还怕她会不感兴趣，还好这是一部完全不费脑的商业娱乐杰作。

"开场画面真把我惊呆了呢。"

"是啊，那个场面太壮观了，其他的观众也都被吓得合不拢嘴呢。"

福寿小姐的表情熠熠生辉。

"在我看来，这样的片头是制作者对观众的宣言：接下来我们可要不断放大招哦，各位请好好享受吧！"

"是吗，不愧是你啊，居然能想到这些。"

"为什么说不愧是我啊？"

听我这么问，她笑着点点头说：

"因为我就是这么想的呀。"

不知为什么，她这样的回答让我觉得很舒坦。

"肚子饿了吗，要不要去吃点什么？"

我心里已经想好接下来要去哪家吃东西。

"其实我想……"

"什么？"

"我还想吃刚才那个披萨。"

于是我俩再袭披萨店。

她选了刚才一样的口味，没有选别的，并且连吃两块。

"我是那种找到喜欢的口味就拼命吃的类型。"

她一脸满足地说。

"原来福寿小姐是这种类型啊。"

"那南山君你呢？"

"我会尝试不同的口味。其实隔壁的炸鸡我就很想吃。"

"是啊！排队的人这么多，其实我也想吃。"

我看了眼炸鸡店，点点头说："那我去买，你也要吗？"

"好啊，那我给你钱。"

"没事啦。"

我加入到炸鸡店前的队伍中。人比刚才少，店铺烹饪的动作也很快，没多久我就买到了。

"买来了。"

"谢谢！"

福寿小姐从纸袋里夹出一块炸鸡。我俩同时开始吃。

……唔，这个……还行……但吃起来……

"挺一般的。"

"我觉得也是。"

拿到炸鸡时她还一脸兴奋，此时表情却急转直下。就好像在脸上出现了一个向下滑的箭头似的，太有趣了。

"看来大家都是看排队才去买的。我觉得还是 ORIGIN 便当里的比较好吃。"

"对啊对啊，那个炸鸡便当很好吃！"

"我说是吧！如果也能开店专门卖炸鸡就好了。"

"是啊，卖的话我肯定排队买。"

"吃"永远是和女生聊天最好的话题。

“接下来我们去星巴克吧。”

“请稍等一下。”

她突然一本正经地朝披萨店走去——结果又买了一块相同口味的披萨。

面对一脸疑惑的我，她用至今为止还从没用过的严肃口吻对我说：

“我无法原谅自己对炸鸡的错误判断。所以必须用这块披萨来填补我受伤的心。”

这女孩真有趣。

“……玻璃假面。”

“玻璃假面。”

“不会吧！”

两人异口同声地惊呼道。

其实我们刚才聊起“曾让自己一口气读完的漫画”这个话题，于是就试着一起说出答案，没想到这么巧会是同一部作品。

我们去了三条大桥前的那家星巴克，但没找到向下的楼梯，看来沿岸那排纳凉椅和有落地窗的房间不属于星巴克，最后我们在吧台前并排坐下。

透过这里的窗户也可以一览鸭川。这家星巴克的布置可比我家附近那家要漂亮多了，房间里还弥漫着咖啡豆的焦香。

“真是太巧了。”

"这部漫画还在连载。"

"我是在高中的图书室里看的。"

"你们图书室里还有漫画啊？真羡慕，为什么我读的学校就没有。"

"是吗？"

除此之外，我又找到了很多共同点。


"我有时候会想，自己已经二十岁啦。"

"哈哈，我明白，是不是开始心急了啊，心想有些事必须尽早去做。"

"对！我就是这么想的。"


"最近我开始练腹肌了。"

"是吗？"

"我可不想以后变成大叔的时候挺着一个啤酒肚。肚子一旦大起来，就很难减下去。所以要防患于未然。"

"哈哈，你想得真多。南山君有没有想过，将来会变成怎样的大叔？是帅帅的那种，还是衰衰的那种啊？"

"肯定是那种即便上了岁数也是腰杆笔直的大叔啦。"

"你可要努力呀！"

她两手握拳，好像在给我打气。

"我呀，也有很多想做的事。比如想成为一个让我的孩子感到骄傲的漂亮妈妈。"

为什么我总觉得放不开呢。我总觉得自己哪里没做好，生怕说错话，再这么下去就要疯了。

肯定是因为她太完美了吧。我暗忖。

似乎她和我之间的空气密度都不一样，两人隔着一道看不见的气墙。

我说要去上个厕所，回来时候顺便问了店员要在哪里搭乘电梯下到河岸边。

看了下表，发现已经四点半了。

我们已经坐着聊了两个半小时。

回到店内，透过窗户已经能看到天边的晚霞。

她坐在吧台前，出神地注视着前方。我不禁伫立在原地，欣赏起她柔和的侧颜。过了一会儿，我才拍拍胸口走过去。

"我们下去吧，到河岸边去。"

我一边坐下一边对她说。

"外面好像有电梯能下去。"

"是吗？"

"走吧。"

"唔，就不知道还有没有靠窗的位置。"

"我想肯定有。"

"就在这里不好吗？"

接着她又补充："你看，还能看到整个河面呢。"

说着，她对着窗户轻轻地张开双臂。

她说得也没错。除了会认准了自己想要的东西之外，能够迅速做出判断也是她的一个特点。这都是我今天和她接触中发现的。

"你说得没错。"

我把马克杯里残留的那一点冷咖啡一饮而尽。

对了，我想起长颈鹿的素描。

"有一件事。"

"什么？"

"昨天我去学校了。教室里贴着我画的素描。"

"那天画的吗？"

"是啊，就是那张长颈鹿。"

"哦哦，那张呀。"

"福寿小姐，你记不记得我在画画时你说过什么？"

"啊？"

她抬起头回想。"我说屁股的线条画得很漂亮。"

"还有呢？"

"……"

"就是贴出来什么的。"

"……？"

她歪着脑袋，貌似不记得了。

看来是我听错了。

"哈哈，没什么，麻烦你了。"

"怎么啦？特意问我这个。"

"真的没什么。"

"怪怪的。哎，你快看！"她兴奋地指着窗外。

河岸过道上有一个戴着针织帽的老爷爷牵着一只博美正在散步。

那只超小的博美犬跟在老爷爷身后，离他大概有两三米的距离，一边小跑一边晃着尾巴。博美张着嘴巴，仿佛能听见它呼呼的喘气声。

"真可爱。"

"好萌呀。"

博美踏着小碎步，快跑到老爷爷的前头，但跑得稍远又转身回到老爷爷的身边。

我听见福寿小姐下意识地发出轻微的惊呼声。

"啊，那个跑步的姿势。小屁股一扭一扭的，心都快化了。"

"嗯，小型犬似乎能判断离主人多远才不会有危险。真好玩。"

"你懂得好多。"

"是吗。"

"南山君，你很好玩你知道吗？"

"福寿小姐，你也很有趣你知道吗？"

两人相视而笑。

夕阳渐变渐浓，为鸭川罩上了一片暮色。

坐在河岸边的情侣们也融入了暮色，成为风景中的点缀。

我想到了一个计划，但要实行还要有些勇气。到现在为止，我们的约会一切顺利，我不想前功尽弃。

"要不我们也下去看看？"

她"嗯"了一声，点点头和我走出星巴克。


[ 7 ]


静谧的水边的确不同于咖啡馆。

一边是熙熙攘攘的三条街区，另一边是水流潺潺的鸭川，但在河边行走还是能感受到一种说不出的宁静。

"今天玩得好开心。"

"唔，我也好开心。"

她又接上了我的话。我俩一唱一和，渐渐有了默契。

第一次来三条时因为走累了曾在河边休息，但没坐多久就发现气氛不对——四周都是一对一对的情侣。

现在我和她也能像那些情侣一样坐在这里，今非昔比啊。

　　大家都心知肚明，来这里就是为了感受气氛。每张长椅之间的距离也刚好，隐约能听到边上的人说话，却听不清具体在说什么。

　　"电影真好看。"

　　"非常好看。"

　　"披萨真好吃。"

　　"太好吃了。"

　　四周渐渐地安静下来。

　　对岸有个人正扛着自行车走上通往街道的楼梯，河堤上红叶繁盛，樱花树低垂的枝丫上开放着花瓣快要落尽的残樱。

　　我们眺望着对岸的景色，不知不觉就陷入了舒心的沉默之中。

　　"你一定要问清楚她的态度！"我想起了好友说过的话，说清楚绝对要比不说来得好。

　　于是我转过身面朝她。

　　就在我变换坐姿的时候，脑子里突然蹦出很多问题。

　　谈恋爱，要怎么谈？

　　我可根本没有这方面的经验啊。初中毕业后的整个高中时期我都和恋情绝缘。

　　所以谈恋爱究竟要怎么谈呢？怎样才算恋爱？我现在好像还没有想到答案。

　　唉，有些人从不去想却能无师自通，而想不通的人就算踏破铁鞋也找不到答案。

发觉我在看她，福寿小姐"嗯"了一声也转过头看着我。

"啊呀，气氛好像变得有点怪。"

"怎么了？"

我把思绪整理了一下说：

"福寿小姐，是不是我哪里做得不太好？"

她淡淡一笑，注视着水面出神地说：

"也没有……"

停顿了一两秒后，她又接着说：

"其实是第一次有人这样对我说。"

是说第一次有人向她告白吧。

"是吗……"

"嗯，约会也是第一次。南山君你也是第一次吧。"

我有些不好意思地说"是"，她会这么说让我觉得很意外。

"我猜得没错吧。"

发觉被人看穿了，我只能苦笑。

"其实我呀，也是完全没有经验，却总是让别人觉得经验丰富，或者很受欢迎。但我也不能和别人说我真的什么都不懂吧。那挺丢人的。不知不觉，我不去接触别人，也没人会来接触我。其实我真的不是故意要拒人于千里之外的。"

我突然有种游戏里找齐所有道具，打开机关时的感觉。

因为她全身贴满了完美的标签啊，才会给人很受欢迎的错觉。不过就算她知道，也没办法为了把这些标签剥掉而刻意表现得不完美。因为自己的审美和进取心不允许。

我一直放不开是因为我没有她那么完美，也没有她那么自信。

"所以那时候……你突然对我说一见钟情，我有点小兴奋……觉得很高兴。"

原来当时她是这样想的啊。

但我当时抱着消极的心态，向她搭话的时候，就没想过能成功。

"但也不是谁都可以的哦。"

怕我误会，她马上补充道。

"对这件事我一直很慎重，慎重得有些过头了。因为我非常憧憬恋爱，所以才不得不慎重考虑啊。恐怕再这么下去会变得神经质了呢。"

"有这个必要吗？"

"嗯嗯，必须的。"她斩钉截铁地说。

"但是……"

她刚想补充，却摇了摇头。

"……没什么。"

强风从河面上吹来。

水面就像一面磨砂的镜子，倒映着轮廓清晰面目模糊的我们。

"你冷吗？"

"唔，没事的。"

夕阳隐去，四周的温度开始降低。

"我告诉你一个秘密。"

她用仿佛融化在薄暮中的声音说。

"什么秘密？"

"其实我一直在偷偷地看你。"

我一惊，不知道该说什么。

"嘿嘿，你没有发觉吧。"

说着她抬起头眨巴眼睛看我。

看我？为什么？

"……从什么时候开始的？"

"大概在你开始看我的时候，我就开始看你了。"

这句话在我脑子里绕了一圈我才反应过来。

"你不是说一直吗？"

我小小地吐了一下槽。

她笑了。

"反正就是看你。"

互相打趣一番后，我们就静静地坐着，用心感受身边那个人的存在，注视着面前的河水缓缓流淌。

……你还在等什么？

就像被人拍了下脑门似的，这句话突然提醒了我。此时不说更待何时？

但这只是第一次约会啊——踟蹰。

突然这么做会不会被讨厌？——害怕。

今天的约会到现在为止无比顺利，不如就这么结束，然后下一次的时候再说。脑子里的小人已经开始给我提出稳当的建议了。但我还在犹豫，就这么回去吗？要等下一次吗？

忐忑不安时，我瞅了一眼身边的她。

想要从她那里获得一点鼓励。

为什么我总感觉她注视着水面的侧脸在给我发信号，"我在等你哟……"我甚至都能听见她这么对我说了。

这一整天我们说了很多话，我体会到了许多男女交往时才有的感觉。

但，但还差这临门一脚……

我是个男人！我必须拿出勇气！

"……福寿小姐。"

她没有马上转过来。

娇俏的小耳朵微微地抖动了一下，仿佛在为接下来要发生的事做准备。

准备好后，她这才转过脸来。

平静的脸上，只有两只如星一般的美丽眼眸映射着希望之光。

她对我做出了无言的应许，那强有力的目光，仿佛要将眼中看到的一切都扫描进内心深处保存到永远。

"请和我交往吧！"

我将此生第一次说出口的话献给了她。

她的眼睛就像初春解冻的湖水般变得湿润。

"呼哧。"

福寿小姐吸了一下鼻子，然后我听到一个带着鼻音的回答：

"好的。"

声音听着有些黏糊。她抬手擦了下眼睛，又说了一遍：

"好的。"

看着她的脸，我突然想起她的名字。

福寿爱美。

人如其名啊。

她说自己是福笑的福，但我觉得她的名字里还有暖阳一般的笑和能带来闪亮幸福的美。

## [ 间奏 ]

十岁的时候，南山高寿每周六都会去足球培训班。

他不想去却拗不过逼他去的父母，所以周五最大的心愿就是周六能下雨停课。

只可惜求雨这种事总是不太灵验。今天他也好不容易熬到下课，正拖着疲惫的身子，回父母经营的自行车店。周日和父母在店里吃饭是他们一家的习惯。拿着领来的五百日元硬币，去附近的寿司屋买散寿司也是他这一天唯一的乐趣。

秋高气爽，温度适宜。高寿走进超市旁边的一条小路。这里本来有很多商店，都因为地方建设陆续关门，如今显得很冷清。

还是小学生的高寿一边感叹着"不景气啊"，一边朝十字路口走去。

右边那家卖章鱼烧的小店在高寿很小的时候就有了，今天摆摊的大婶依然卖力地做着章鱼烧。高寿在心里默默地为她打气，大婶加油啊。

"高寿君。"

有人在身后叫自己，高寿回头一看。

一个戴墨镜的女人站在那里。

看不出具体几岁，但年纪应该不大。女人的发型和打扮看得出都是花了大价钱的高档货，在这个寂寥的小街市中行走会让人感觉突兀。高寿觉得她就像是从电视里跑出来似的。

"南山高寿君。"

她叫出了全名，高寿确信是在叫自己。但她是谁啊，不认识也从来没有见过。

女人走到高寿的面前，弯下腰看着他的脸。

"你记得我吗？"

摇摇头。她身上的香水味真好闻。高寿底层的记忆微微颤动。

"你想想，五年前的地震。"

啊！

"阿姨是你吗？"

"你想起来啦！"

高寿点点头。

"你现在好吗？"

再点点头。

"那就好。"

高寿非常紧张，对方是大人，而且是个非常漂亮的阿姨，虽然她戴着墨镜，但从脸型也看得出来，和他平时接触过的那些大人完全不是一个世界的人。

他感觉自己必须得说点什么，低头看看自己穿的足球队服，就说：

"我刚刚踢完足球回来。"

"原来你在踢足球啊。"

"唔。"

"踢得好吗？"

"马马虎虎。"

"这样呀。"

不远处飘来了章鱼烧的香气。

"啊，有了。"

她看到了章鱼烧店的红色布帘。

"要吃章鱼烧吗？"

高寿点点头。

女人走到小店前，卖章鱼烧的大婶似乎被来客的气场给压住了，说完"欢迎光临"就急忙移开了目光。柜台的玻璃板下压着价格标签，高寿一直梦想能花五百日元一口气买三十个章鱼烧。只是五百日元有点贵。

"高寿君才十岁，三十个吃不完吧。"

女人对高寿说。

我能吃完。高寿这样想着，看阿姨买了二十个分装成两碗。

"给你。"

高寿接过墨绿色的塑料碗，掌心感触到章鱼烧的温度，嗅到了美味的香气。

"谢谢。"

说完后，高寿突然想起还没为五年前的事道谢呢。

"谢谢阿姨那时候救了我。"

"不用谢。"

女人也轻回一礼，她掀开装章鱼烧的碗盖。酱油、柴鱼片和海苔混合在一起的香气飘散出来。

"好怀念啊。"

她感慨道。

"很久以前我也来过这里，大概是十年前吧。"

"在我出生前吗？"

"唔，应该是的……"

说完她用小叉子戳起一个章鱼烧放进嘴里。

好烫，但很好吃，怀念的味道。

"好烫，好烫呀。"

她被烫得连连跺脚，看上去很滑稽。

"——啊，好烫，但真的很好吃。"

高寿点点头。

"章鱼烧就是这样的美食。"

阿姨又开始碎碎念了。

"有一个人这样告诉我的，像章鱼烧这样的美食，并不用做得高端大气上档次，零食店里卖的十元一个的章鱼烧最好吃。"

突然她的声音有些哽咽。

"……好怀念啊。"

她是在哭吗？高寿才发觉。

"……阿姨你怎么了？"

"唔唔，我没事。"

两人靠在小店旁的墙壁上，吃着章鱼烧。

"南山君不喜欢足球吗？"

"是的。"

"那你喜欢什么？"

"我喜欢画漫画。"

"那将来想当漫画家吗？"

"当漫画家也行，我还想做游戏。"

"一定可以的。"

她话接得很快，高寿抬起头看着她。

"你肯定可以的，将来一定能成为创作者。"

她说的话，有种高寿从来没有体会过的质感。虽然不知道为什么，但就是相信她说得没错。

这个阿姨果然和我认识的大人都不一样啊。

"阿姨，你是做什么的啊？"

"你觉得呢？"

"……是艺人吗？"

"答对了！"

哦！一听对方是艺人，高寿开始紧张。

"在电视上能看到你吗？"

"唔，是一家高寿君不知道的电视台。"

"那你告诉我，我去看。"

"其实今天姐姐来找高寿，是有一样东西要交给你。"

"嗯？"

她把章鱼烧放在一边，然后从包里取出了一样东西。

"这个。"

是一个巴掌大的茶色盒子。盒子上面有一个钥匙孔，好像一个设计简单的办公用品。

"这是什么？"

"里面有非常重要的东西。"

"是什么？"

"先保密，下次见面的时候我再告诉你。"

"下次什么时候见面？"

"很久以后吧。"

说完，她把盒子放进一个纸袋里，让高寿拿好。

"这很重要哦。你可别弄丢了。"

阿姨严肃的表情让高寿觉得不安。

自己是不是惹上什么麻烦了？高寿想着，又看看纸袋。

"你有没有一个放重要物品的地方啊？"

高寿想想，然后摇摇头。

"那画好的漫画都放在哪里？"

"……桌子最下层的抽屉里。"

"那就把这个放在那里吧，绝对不要弄丢哦。"

"唔。"

阿姨又叮嘱他道：

"不能弄丢，但也不可以打开哦。"

高寿点点头。

阿姨弯下腰，看着高寿的眼睛伸出小拇指。

"来，我们拉钩钩。"

"……不要。"

"哈哈，是不是不好意思啊。"

"嗯……"

她展露出成熟的笑容，一直注视着低着头的高寿。

突然她默默地把高寿抱在怀里。

高寿惊呆了。阿姨有些用力，但自己没有反抗，反而心跳不止。

阿姨松开手，那一瞬间，高寿感觉心脏抽动了一下。

"那个盒子，等下次见面时我们一起打开。"

阿姨轻声对高寿说。

透过墨镜的缝隙，高寿看到了阿姨那双清澈美丽的眼睛。他小小的心激动不已。

第二章

盒子

[ *1* ]

我在克制自己不要傻笑。

起床洗漱时，骑自行车去车站时，搭乘电车时，甚至在上课时，我都会突然捂住嘴防止笑出声来。

我也有女朋友啦。

而且还是一见钟情，我中意的女孩。

啊，不行。一想到这个又要笑了。

从前天开始一直是这个状态，而且今天傍晚我们还要约会。紧张死了，紧张死了，压力增大！这一整天都不知道是怎么过来的，恍恍惚惚，哼哼哈哈。真希望闭眼睁眼就能看见天边的晚霞。

但课还是要上的。

可不能因为恋爱就荒废了学业，上课必须集中精神。我相信她肯定和我一样。

今天的户外教学和往常一样，在三条站下车穿过平安神宫的鸟居，去动物园画素描。四点前有足够的时间让我多画几张。

正在往包里放画材的时候，手机就像和人约好了似的响了起来。

来电显示是"公用电话"，那百分之百是福寿小姐打来的。

因为没有手机，她答应每天都会用公用电话联系我。

"喂，喂。"

"啊……我是福寿。"

"你已经到了吗？"

"我刚到。"

"好的。"

"不好意思，打扰你了。"

"没，没事。"

我感觉自己笨嘴笨舌的，但马上要见到女朋友的心情却异常激动。

"我现在就从动物园出来。你等我二十……二十五分钟，就在上次那个地方。"

"好。"

"你没忘记吧？"

"那个扭扭三柱吧，我记得。"

"那你等我哦，我马上过来。"

"好的，我等你。"

挂上电话。

我收起手机，小跑着离开动物园。

她没有手机的原因好像不是她不愿意，而是父母不同意。虽然很麻烦，但这件事还是暂时不要干涉比较好。

穿过平安神宫的鸟居，从大街转入寂静的河岸。转过一个弯后，我惊奇地发现——

福寿小姐就在石桥的下面。

虽然她离我有段距离，但我没看错。她站在一个不会影响路人来往的地方。河岸边有间墙壁涂黑的屋子，她就站在屋旁发着呆。

更让我惊讶的是，这么远的距离她居然也马上看到了我。

确认是我后，她就笑着朝我走来。

我也向她靠近。

此时鸭川的水位不高，河面上有很多交错的小道连接两岸。离我们最近的距离有一条没有栏杆的水泥窄道，我见这条路比较危险，就对她喊道：

"你站着别动，我过来。"

但她好像没听见，还是朝我走来。我也不能站着傻等，于是继续前进。

我们终于在窄道的正中间会合了。

"我说了让你等我嘛。"

"知道啦。"她害羞地点点头。

"那你干吗还要过来?"

"这个嘛……"

她抓着裙子的前摆,来回晃动手里的包包。

"一开始我站着看书等你……但觉得傻站着等你很无聊……"

难道说——

难道说她是想早点见到我才过来找我的?

我很想听她亲口告诉我,便想问她,但想想还是算了。

"是吗。"

我只是笑笑,没有再说什么。

"那我们走吧。"

"好。"

我们向车站出发。

只是一天没见,就好像过了很久似的。

她会不会也有这样的感觉,所以才会迫不及待地想要见我。

如果是的话,那她现在心里应该很高兴吧。

"那个黑色的房子很特别,你以前画过吗?"

"以前我以它为背景画过一次,结果只得了一个 B。"

"B？是很一般吗？"

"对，很一般的分数。"

我突然想起件事。

"唔，有件事拜托你……能不能拍一张照片？"

"拍我吗？"

"是啊，我答应给朋友看的。我有一个名叫上山的好朋友，其实……我经常会和他谈我们的事。"

"哎，是吗？"

她突然来了兴趣。

"好啊，你拍吧。"

她爽快地点点头。

"太好了，谢谢。"

我拿出手机。

"这里拍不好看吧？"

她小跑到石桥边上，以黑色的房子为背景，站好让我拍照。

"也是哦，我刚想说来着。你站着别动。"

我拿着手机向后移动，寻找理想的构图——好嘞。

"那我拍咯。"

手机中的她的表情和站姿都很端正，但没那么严肃，看上去依旧很可爱。

我按下按钮，"咔嚓"一声拍好了。

"怎么样？"

"拍得很棒。"

我把手机拿给她看，她细细审视了一番，点点头说："通过啦！"果然是女孩子啊，会如此在意自己的形象。

这条路我经常走，沿街都是古色古香的独栋建筑。

和女朋友走在熟悉的道路上，萌生出一种从未有过的新鲜感。

我看看她。

她依然目视前方，一步一步轻巧地向前走着。

——这是我的女朋友。

她转过身，戏谑地对我说：

"别总盯着我看啊，小心摔跤。"

"不会的。"

"我怕你会。"

两人又开始一来一往地互动。

我抬起头突然领悟，像这样交流的男生和女生才是……

"真正的恋人啊。"

哇，说出口就感到好害羞。

"总觉得像做梦似的，让人不敢相信。"

我低下头盯着柏油路面，挠挠脑袋说。

"好高兴。"

她却没说什么。我转过头，看见阳光照在脸上，她眯起了眼睛。

她应该在用笑容回答我，听到你说的我也很高兴。是不是恋人有时不需要语言，仅用一颦一笑就能传达自己的想法？

这世界上还有什么比两个人相亲相爱更加幸福的事呢？

"我呀。"

"嗯？"

她低下头，想对我说明什么。

"我可不是治愈系的哟。虽然经常被人这么说。"

"不是也没关系啊。"

"其实我也很任性呀。我就是我，不想变成别人的样子。"

"那很好。"

"我还是个吃货，会被食物左右心情。"

"那又怎么了？"

"这样也行？"

"为什么不行？"

听我这样回答，她就像找到了好吃的零食似的，心满意足地小声对我说：

"那我们就算正式认识啦，爱美与您初次相见，请多多关照。"

她又开启了逗笑模式。我只能学着一本正经地回答：

"哪里哪里，我也请您多多关照。"

说完两人都觉得自己很逗。我们还真是一对傻瓜情侣组合。

不过感觉真是太好了。

她笑着笑着，鼻子又塞住了。

"哦，还有一件事。"

她流着泪对我说：

"我还是个爱哭鬼。"

[ 2 ]

她的确是个爱哭鬼。

"是不是该换个称呼了？"

"啊？"

"你看再叫我福寿小姐听起来很见外。"

"我懂，听着一点儿都不热情。"

"热情……"

"称呼很重要哦。"

"那别的情侣都是怎么叫的？南山君教教我嘛，人家不懂。"

"但我也是第一次谈恋爱。"

"是哦。"

"是呀。"

"那么……就叫我爱美酱❶。你看怎么样？"

"好！那你叫我高寿君吧。"

"哎？为什么不是高寿酱？"

"不要。"

"为什么不要？"

"别人听到会难为情。"

"……爱美酱。"

"嗯。"

"……"

"……高寿君。"

"嗯，不错嘛。"

"是吧。"

"是吗……哎？讨厌，我怎么哭了。"

"啊，抱歉，是不是我得意忘形了。"

"笨蛋，没事。"

"那就当润润眼睛。"

"有这么润的吗？又不是眼药水。"

大家在西内君的公寓里聚会的时候她就哭了。

大学的朋友，京阪组的西内君一个人住在观月桥的公寓里，

---

❶ "酱"是日语"ちゃん"的音译，接在人名后表示亲热。但一般只限于恋人或者同辈之间使用。

他家是我们偶尔聚会的地方。

那天我们召开了许久未开的以酒代茶大会，算是爱美酱与大家的见面会。

人到齐后，我把爱美酱介绍给他们，他们几个显然被眼前的萌妹子惊到了，转而对我流露出"你小子命真好"的羡慕嫉妒恨之情。如果我有尾巴的话，恐怕早就高兴得翘上天了。

我那小小的虚荣心也开始膨胀。怎么样，这是我的女朋友，漂亮吧。

爱美酱一开始还有些放不开，但等我们把酒水和零食都准备好，她也就慢慢地露出吃货的本色。

"把这些全都打开，然后放到盘子里吃起来才爽。西内君，你有盘子吗？"

"有，有的，还有一次性杯子和筷子。"

就像这样，从被动变为主动。

她其实是个性格非常爽利的姑娘，讨厌拖拉犹豫，这从她喜欢把"快点快点"挂在嘴边就看得出来。

还有，我们聚会的时候正好地震了。当时她说：

"是不是地震了？是在震，不知道震度有几级？"

由此看出，她是个遇事不逃避，协调性很强的行动派。不过有时候她也喜欢逞强，就像幼儿园里那种什么事都会说"我能行"的孩子——我又发现了她新的一面。

不过在游戏方面实在没什么天赋。无论玩什么她都最先被淘汰，经常被人吐槽"这都行？"，运动方面也完全不行。

那几个家伙在说我糗事的时候，爱美酱竖起耳朵听得很开心。

我一个劲儿地求他们别说了，但奇怪的是有爱美酱在，其实心里还是挺开心的。

最后我们都喝醉了。

她仿佛是故意要向我们展示她的酒豪体质似的，把我们都灌倒了。只是她喝醉了以后就会哭个没完。

"大家可要和高寿君做好朋友哦。"

她喝醉后就开始抽抽搭搭地说胡话，结果被林吐槽说，就像南山的妈妈一样。

"高寿君以后如果没钱了，你们可要记得请他吃饭啊。"

她说了不少类似的话，我们在大笑中结束了聚会。

晚上回家的路上在过桥的时候她说：

"观月桥的意思就是一座观赏月亮的桥吗，真好玩。"

此时我和她都抬头望着天空。

之后没过多久，我也搬出来一个人住了。住址选在了丹波桥的一间公寓里。

因为大学来回很麻烦，年纪大了和老爹的摩擦也不断发生，我又考虑到搬出来和她见面也更容易，所以临时做了决定。

只是丹波桥这个地点没选好，说近不近说远也不远。我也不知道自己为什么不去睿山附近再找找看。

[ *3* ]

"明天出去玩吧。"

搬家当晚我正在和她打电话。

"唔，可是我搬过来的东西都还没整理好呢。"

"那不去玩，我来帮你忙吧。"

"好啊。"

"今天是不是见不到你了呀？"

听到爱美酱的娇声抗议，幸福感在我的心中满溢。

"抱歉，今天可能不行。"

我故作冷静地对她说。

"是吗，人家好伤心啊。"

她也装出好失望好伤心的样子，交往了一段时间，我们已经习惯这样相互取闹了。

"但明天不是还会见到的吗。"

"你怎么这样，真不热情。"

"你又说这个词了哦。"

"讨厌！"

啊，好可爱，她撒娇的样子太可爱了。

"你是不是觉得黏糊糊的？"

她的声调突然变得很轻。

"什么黏糊糊的？"

"每天都要见你，你会不会觉得烦……"

"从来没有这样想过。"

这样说起来，从交往开始，我们好像每天都见面。

爱美酱很怕孤单，休息日就不用说了，平日里我放学后她都会约我要不要去哪里逛逛。

上山知道后说"一开始都是这样的"，所以我也没在意。

我们一般都去河原町闲逛，或者去看美术展，晚饭有时候我带她去学校餐厅吃。

"和爱美酱见面我很开心，一点都不觉得烦。你就放一百二十个心吧。"

说这句话的时候我才意识到，自己已经习惯了和爱美酱每天见面的恋爱生活。但至今为止我和她在一起的时间只会不够用，何来厌烦与无聊呢。

"你该相信了吧。"

"什么？"

"我们是天生一对啊。"

"……唔。"

　　她坚定的应答声混合着电波的杂音流经听筒，触动我的耳膜。

　　"我热情吧？"

　　"热，都热死了。"

　　之后我俩又闲聊了一阵。

　　"……那十点在车站检票口见。"

　　"好的。"

　　"晚安。"

　　"嗯，晚安。"

　　"拜拜。"

　　"拜拜……"

　　"再说下去没完了哦。"

　　"是呀，那晚安了。"

　　"晚安。"

　　放下电话时，我听见她轻微的喘息声。她无意识的喘息触动了我心中的某个点，出乎意料地让我感受到了爱美酱的性感。

　　我看了看时钟，已经二十三点四十分了。

　　还有个让我很在意的地方，那就是她家的门限。

　　她说她家的门限是午夜零时，但连手机都不让买的父母，会让自己女儿这么晚才回家吗？

[ *4* ]

开往淀屋桥的特快刚到站，有关这趟车的信息就从电子显示屏上消失了。

没过多久，下车的人群走上通往检票口的楼梯，一波一波地走出车站。

我面朝检票口站着，观察走上台阶准备出站的人。

从时间上来看，她搭乘这趟车的可能性非常高。

一般接站只要发个短信或者打个电话就能找到对方，但因为她没有手机，我只能站在检票口附近从到站的乘客中寻找她的身影。突然有种回到了昭和年代的感觉。

我看到了爱美酱。

心情一下子就变成了大晴天。

她也看到了我，幸福笑容在脸上绽放。

我举起手轻轻地挥了两下。我俩迫不及待地朝对方走去。

"累了吗？"

"不累。"

"走吧。"

"嗯，走。"

"对了，买点喝的吧。家里什么都没有。"

"唉，男人一个人生活就是这个样子。"

我们在便利店买了两瓶水，然后从西出口出站。

出了车站没过多久就看到了面积不小的住宅小区。

"好大呀。"

"虽然是车站附近，但什么也没有哦。"

"那你买东西怎么办？吃饭呢？"

"往那里走有超市和商店街。"

"好吧，就是有点远。"

我们慢悠悠地走下坡道，然后向左拐。

"好有京都的感觉。"

"是啊，具体哪里像也说不清。大概是氛围吧。"

"是呀。"

"先声明啊，我那个地方又小又旧。"

"哈。"

"就是那一家。"

我指着面前那栋三层的公寓楼说。

"不错嘛。"

公寓入口处的旁边放着一台洗衣机和干衣机。

"这是什么？"

"简易洗衣房。房间里没有洗衣机，要洗只能在这里洗了。"

"好玩。干衣机是三十分钟一百日元。"

"真简陋啊。"

我和她说这里的房租很便宜，然后带着她呼哧呼哧地爬上三楼。狭窄的水泥走廊到底，第五扇绿色的门内就是我的房间。

用钥匙打开门。这是我的家，自己的家，充实感扑面而来，我喜欢那一瞬的感觉。

房间不大，换鞋的地方就更小了，只有两块棒球垒包那么大。大门左边的炉灶和水池也都是嵌在走廊墙上的精简型。

厨房后面就是一个六叠❶大的木地板房间。地上放着我从家里带来的被褥。四周散乱地放着手机充电器、电视机、拼装收纳柜和几个纸箱。

"很干净嘛，清清爽爽的。"

"因为才搬过来呀。要不要喝茶？"

"好，我帮你整理。"

她开始清点我房间里的东西。

"啊，电子琴。你说要弹给我听的。"

"好啊，不过我只会弹一首。"

"那你待会儿弹给我听。"

"肯定啦。"

"好开心。唔，你的东西不多嘛。"

"你看就这么点大地方，很多书我都留在家里了，所以就这么多。"

"是嘛。"

---

❶约 9 平方米。

"有什么需要的就到时候再添置吧。现在就这样也不错。"

"唔，那好吧。"

说完，她从包包里拿出一根扎头发的皮筋。

"让我把头发绑好，然后开工吧。"

"你是哆啦Ａ梦啊，包里什么都有。"

"那是什么？"

"我说你像哆啦Ａ梦。"

"啊……是吗？"

她眨巴眨巴眼睛显露出迷惑的样子。

"难道你……没看过？"

"唔唔……嗯。"

"哎，真奇怪哪。"

我想大家小时候应该都看过吧。

"就算没看过，应该也听说过吧。"

我一边泡茶一边嘀咕道。

等我回过头，看见爱美酱用皮筋把本来就不长的头发拢到脑后，扎成一个小尾巴。白皙的脖颈和靓丽的新造型又直击我的心房。

那种久违的紧张感又出现了。她现在的样子和我刚认识她的时候大相径庭。为什么我现在才发觉她还能这么打扮啊。

招待女朋友来独居的家中，接下来会发生些什么我已经从无数影视剧、漫画、小说中见识过了。我狠咽了下口水，把那些乱七八糟的画面从脑子里驱赶出去。

爱美酱没注意到我脑内正在进行妄想驱逐战，她就穿着一件既显身材又方便活动的套头针织衫开始整理了。

柔顺的动作带动纤美的线条，原来这就是女性的艺术之美啊。

对，我家的爱美酱就是美的化身。她就是女性之美的代表。

"高寿君，教科书整理好了放在哪里？"

"啊，你就堆在那里吧。"

"你没书立吗？"

"没有。"

"待会儿去买一个吧，会比较方便。"

"好麻烦啊，还要去买。"

"百元店里都有的呀。"

"哦……"

"那就先堆在一边。"

……感觉待会儿还要出一趟门。

这部分收拾好以后，她又打开了一个纸箱。

"这个《勇者斗恶龙》是什么？"

"这是我小时候最喜欢玩的游戏。"

"好吧。既然是小时候珍贵的东西，那可要放好咯。那这个呢？"

"Perfume。一个主打电音的女子组合。"

　　这个箱子里放的 CD 和游戏都是我的私房爱好，没想到会被她打开看到，有些不好意思，不过现在让她知道这些应该没什么……吧。

　　我略带不安地瞥了一眼，但见她一门心思都在考虑什么放在哪里就松了一口气。大概我想多了，恋人之间还顾忌这些干吗。

　　"这些就放纸箱里好了，不用整理了。"

　　"理出来放架子上比较方便吧，要用的时候找起来也容易。"

　　看来还要买个架子。

　　"我送你一个吧。就当搬家礼物。"

　　多谢大小姐。

　　接着她又打开一个小纸箱。

　　里面放着一个巴掌大的茶色盒子。

　　啊，我都忘了还有这个东西。

　　这是十年前，救命恩人给我的。这件事还没告诉爱美酱。

　　"这个茶色的小盒子是我小的时候……"

　　"这个漫画是？"

　　我还没说完，她指着盒子下面我自己画的漫画问道。

　　"嗯？……这个啊，这是我小时候画的《勇者斗恶龙》漫画。"

　　"你还真喜欢这个游戏啊。"

　　"嘿嘿，喜欢画画也是从那个时候开始的。"

　　"原来是因为这个游戏啊。"

　　"是啊。"

"我可以看看吗？"

"当然啦。"

两个空白图画本订成的画册，封面上是充满孩子气的封绘和 logo。她翻开第一页，认认真真地开始看这部到处都是涂改痕迹的自制漫画。

"唔。"

"画得很烂吧。"

我挠挠头问道。

"小学生能画成这样已经很厉害了。"

"哈哈，是吗？我在课间休息画的，很多同学看过后都问我有没有后续。我听了可高兴啦。"

"从小就成为创作者啦。"

她喃喃自语道，然后直视着我的双眼。

"高寿君，要坚持下去哦。"

看着她的眼睛，一股暖流流进心里。

我被她看得都不好意思了，连忙别过脑袋。

"这下面是素描本？"

"原来我放在这里啊。"

这是我为了参加升学考试，去画室学习时用的素描本。咖啡色的封面上用毛笔写着一个"8"。

"是第八册的意思吗？"

"这是很久以前的东西了。里面应该是我画的涂鸦吧。"

还有一些小说的构思。

"可以看看吗？"

"好。"

……我突然想做一件事。

我想告诉她我在写小说，给她看我的作品。

别人或许不理解我干吗要这么郑重其事，但写小说这件事是我最大的秘密，谁也不知道。

我不光会画画，还会你不知道的事情哦——在别人眼里看来这样做很孩子气，好像要给人展示自己恐怖的"秘密武器"似的。

为什么隐瞒这件事呢？原因我自己也说不清。就算知道了也不会怎么样，但我就是打心底不想告诉别人。

但她不是别人。

"……其实我……"

我非常想知道她的感想。

"其实我在写小说。"

她放下速写本，转过头。

我的心情就像我们第一次见面时那样紧张，心脏咚咚跳个不停。

"我不光会画画，还一直在写小说。我从来都没给别人看过，这是个秘密。"

听到我的话，她的表情变得很认真。

外面传来了下楼梯的声音。

"嗯。"

她睁大眼睛看着我。

"好厉害，唔，那是个怎么样的故事？"

她灿烂的笑容就像一道强光照射在我心中的宝物上。

没有任何损失，也没受到任何伤害，我说出了这个秘密，反而得到了解放一般的喜悦。


[ *5* ]


整理到差不多的时候，饥肠辘辘的两人赶往商店街解决午饭问题。

"京都的街道还真是方方正正的呢。"

她说。

"是啊，我在网上看到京都的卫星地图时还有些感动呢。真的就像棋盘一样，硕大的棋盘里面是一个个空格。"

"我想看想看！"

我拿出手机。

"哇……"

"厉害吧？"

"唔，好赞！啊，你看那儿！"

她指着十字路口的一座地藏祠。

"京都有很多像这样的东西啦。"

我们边聊边走，很快就走到了商店街。

这是与伏见桃山站相连的一条商店街，长长的街市两边有很多快餐小吃店。因为是吃饭时间，街上很热闹。

"好多好吃的！一点都不输给三条。"

"哈哈，不过不好意思，我昨天才第一次来，也不知道哪家店比较好吃。"

"那我们一家一家看，肯定能找到好吃的店！"

"嗯嗯！"

我俩走进人群，开始觅食之旅。

"昨天你去了哪几家店？"

"我来买盘子和碗，所以去了陶器店。"

"陶器店啊，好像也很好玩的样子。"

"那里的东西物美价廉，每样都不过一百日元，很经用呢。"

"这么便宜。"

"是啊，我在买大碗的时候，店里的大叔会先敲一敲，他说有裂纹的碗声音不一样。"

"好神奇！"

"哈哈，没你说得那么夸张啦。"

"但我觉得很有趣啊。"

"那我们待会儿再去看看吧。"

"唔唔！"

聊到这里，我们把重心放到找吃的上。

"高寿君，你看你看。"

她指着左前方。

一块木质招牌上写着"Tea Room↓"，我们顺着箭头往下看，是一家卖茶叶的店。

"好好玩！"

"是蛮有趣的。"

"去看看。"

我们隔着窗户往里瞧，除了卖茶叶的柜台，里面还有一块明亮的空间是让客人坐下来喝茶的地方。

"感觉不错哟。待会儿我们来这里坐坐吧，好吗？"

"好！"

增加了多余的项目，因为预算有限，我俩只能一人一个汉堡当午饭凑合。我们穿过摆放着千元一克的高价茶柜台，径直来到那片明亮的空间。

清雅的装饰的确很符合店铺售卖商品的风格。

"感觉真棒。就像是喝日本茶的咖啡吧。"

她忍不住赞叹。

服务生带我们找桌子坐下。我俩开始看菜单——她一下子变得不说话了。

眉头紧锁，一个字一个字地看，生怕漏掉了重要信息，看完一遍又翻到开头。

不愧是爱美酱。

平时总嫌弃别人磨磨蹭蹭，喜欢把"快点快点"挂在嘴边。但只要碰到了吃的问题，就会切换成精挑细选模式。

"……高寿君，你点了什么？"

"红豆年糕汤。"

"不愧是高寿君啊！真会选……"

"但抹茶卷好像也不错的样子。"

"是的，是的。这个也很好吃，只是鱼与熊掌不可兼得……"

汗，她那表情好像二选一，选错会损失一千万似的。

如果这时候我说选这个吧，她肯定不会答应，不是自己选的不要。在吃这方面她绝不允许别人代劳。

"……抹茶卷，再点一杯抹茶，但这样就重复了……抹茶卷……"

"我点的红豆年糕汤可以分给你吃哟。"

我说这句话的时候，似乎看见她的眼睛在发光。

终于点好了东西，我俩开始闲聊。

"真的很厉害啊，高寿君。居然还自己写小说。"

我连忙举起手指放在嘴唇上，示意她说得小声一点。我对写小说这件事有点神经质。

"啊……忘记了，不好意思。"

"没事，继续说吧。"

她吐吐舌头，然后小声问我：

"是怎样的小说啊？我想听。"

"女主角……和男主角是同班同学。是一个机器人。"

"哦！"

"而男主角偶然知道了这个秘密。"

"不错嘛，那是什么类型的小说？"

"应该算是恋爱吧。"

"唔。"

这时吧台那边一个像是店主的大婶突然叫了一声"优子"。

那个带我们入座的服务生从楼上走下来。看样子她是大婶的女儿，是来店里帮忙的。

"优子。"

爱美酱脱口而出。

"好巧哦。"

"什么？"

"就是……没什么。"

她说了一半没说。

但我却感到很吃惊。

优子，巧合，的确是这样。

为什么会这么说——因为我小说的女主角就叫"优子"。

但她不可能知道这件事啊。**因为她还没有读过我写的小说。**

"唔，那个……"

她低下头，一动不动地撑起笑脸。看上去好像很焦急。

我也跟着紧张起来。

"刚才我们买汉堡的那家店,不是也有个姑娘叫优子吗？"

"……有吗？"

"有啊！就是排在你前面的那两个姑娘,其中一个叫优子。"

"……"

"你没听见她们聊天吗？其中一个叫另一个优子。"

"……我没听到。"

"谁叫你不仔细听来着。"

她抱着胳膊，"嗯"的一声点了点头。

我完全无法接受她的这个解释。

"说起来……上次也是这样。"

"……上次？"

"长颈鹿的素描。"

"哦……我真的说过什么吗？"

"说了哟。"

"好吧～"

她有些郁闷地拿起杯子喝水。爱美酱不开心的样子也好可爱啊。

于是我开玩笑地说：

"爱美酱你是不是有预知能力？"

　　玻璃杯还搁在她的嘴唇上。我这句话让她觉得意外，她睁大眼睛放下杯子，然后挑衅地看着我说：

　　"如果我说有呢？"

　　"啊……"

　　"如果我有预知能力的话，高寿君你怕不怕？"

　　"……"

　　如果真有会怎么样，我开始想象。

　　"……我会觉得你好厉害。"

　　"哈哈哈，只是这样？"

　　她大笑着说。

　　"如果我真有预知能力，难道你不想和我去豪赌一把？马上就会变成有钱人哦。"

　　"自己的钱自己赚。"

　　"唔，有志气。那未来呢？你不想知道自己会不会成为小说家吗？"

　　"……"

　　"如果我说我知道你的未来，你会怎么想？"

　　她试探性地问道。

　　我感觉自己心跳加快，额头冒出了汗水。

　　"……我，不用，我不想知道。不知道也没关系！"

　　爱美酱哈哈大笑，刚才的水如果没咽下去的话，估计她这会儿就一口喷出来了。

"哈哈哈，我怎么会预知啊。真不好意思，让你失望了。我只是个普通人。"

这个玩笑就到此为止。

对面的吧台后一个身穿黑色围裙的大姐姐正在冲抹茶。

"那肯定是我们的。"

她也转头去看。

"嗯嗯，那个大姐姐在用茶道的手法冲制吧。每个步骤都很讲究。"

她用竹刷搅拌的动作的确很专业。大姐姐的容貌也带着京都特有的古典美。

又过了一会儿，我们点的东西就送上来了。

"哇，好好吃的样子。"

"嗯嗯，快吃吧。"

我捧着碗，一口一口喝红豆年糕汤。

红豆煮得刚好，不烂也不硬，入口即化，十分美味。

爱美酱用叉子铲起一块抹茶卷放进嘴里。刚进口，连叉子还没来得及拿出来，她的眼睛就闪闪发光。肯定是很好吃啦。

"唔！！"

她握紧小拳头，不停地拍打大腿。有这么好吃吗？

"选对了！抹茶卷万岁！我选对啦！"

我有点小尴尬，周围的人都在看我们。但她兴奋的样子真可爱。

“真的这么好吃？”

她用力地点点头，让我想起了那次吃披萨。

“那个奶油，你知道吗，那个奶油太赞了！”

说着她喝了一口抹茶。

“……哇！”

她发出了大冷天跳进温泉才会有的声音。

“要尝尝吗？”

我把年糕汤递给她说。

“要！”

我也吃了一口她的抹茶卷。

唔，奶油的确很好吃，香滑不腻，打发的程度正好。

“好吃。”

“我就说吧。”

她喝了一口年糕汤，我也没问她好不好吃，看表情就知道了。

“看来抹茶卷是选对了。”

“但年糕汤也不错啊。”

“嗯嗯！”

我继续喝我的年糕汤，抬头无意识地看了看吧台那边正在洗东西的大婶。

哎，昨天我来的时候完全没有发现这家店的招牌，就算看到了，我一个人也不会进来吃东西吧。是爱美酱找到了这家店，我们现在才会在里面这么高兴地吃着美味的食物。

这一切的改变都是她带来的。

我的对面,这个爱美食的女孩正在满意地品尝自己的选择。

光看她的表情,就能想象以后还能去很多很多地方,吃很多很多好吃的东西。

这种感觉真好。


走出商店街,才发觉没有建筑物遮挡的天空已经浸染成淡红色。

我们差不多在商店街逛了五个多小时,走路聊天,累了就找有意思的店铺休息。

"时间过得好快啊。"

"是啊。"

我已经习惯和她这样说话了。通常是一个人感叹,另一个人说"是啊"表示赞同。

"你可以去伏见桃山站坐车哦。"

"我去丹波桥站坐,快车在那站不停。"

"是嘛。"

"嗯。"

我拎着百元店买来的书立,但没买到小型的置物架。走着走着,就到了要说再见的地点。

"打工加油哦。"

"知道啦。"

六点开始我要去便当店打工，昨天才面试今天就上班有些赶，但在便当店上班，我考虑能省一顿饭钱。

"啊，看见公寓了。"

她喃喃自语地说。

"我送你去车站吧。"

"你买的东西怎么办，不放回家啊？"

"没事儿，就这么点，我带着去上班好了。"

黄昏时分的街道上没有多少行人。我们看见什么就聊什么，路过一家澡堂就说"现在还开着啊"，路过熟食店就讨论哪种油炸菜比较好吃。

"唔唔——"

她伸了一个懒腰。

脊背扭出一条弯弯的弧线，纤细的手腕伸向天空。而那平时未曾注意的高高挺起的胸口，意想不到的丰满。

我连忙移开视线。

我很惊讶自己对她的感觉就像一个中学生那么纯粹，所以下意识地抵抗自己用有色目光去看她。

说起来，我们交往至今别说接吻了，好像连手也没拉过吧。

我知道不能老这样，但这却是很多初恋倏然而逝的主要原因。

"爱美酱回家后干什么？"

"学习咯。"

我很珍惜她，不想这么快就破坏这份纯真，但往往拖得长了，会让对方不安甚至产生误解。

我很害怕被她讨厌，但不继续前进，或许没过多久就会走进死胡同。

我明白，这些道理我都明白啊。

但选择前进，你却只有一次机会，无法回头。这并非蒙头硬闯就能成功的事。

——但是。

如果只是牵牵手的话，好像没有那么难办。

而现在，我就想这么做。

"下次来一起做饭吧。"

一直以来，每当我像根傻木头似的不知所措时，都是她主动来推拉我一把，给我自信和勇气。

我看看前后，没人。好！

"那个……"

我故作镇静，装出很自然的样子。

"我们……我们牵手吧。"

……终于说出来了。

她露出微微吃惊的表情，然后马上说"好"。

微笑里掺着些许害羞。

我笨拙地伸出手……轻轻地握住她的手指和掌心。

女孩子的手，如此纤细，如此光滑，却意外的冰冷。

和男人的手完全不同。

我的心脏猛烈跳动，就像有人在我胸口打鼓。

好样的，我也能像别的情侣那样牵女朋友的手了。要问我感觉的话，这种将女生的手刚好紧紧握住的充实感真是太幸福了。

幸福得冒泡的我突然发觉身边的气氛不对。转头一看才发现——

她的眼泪就像断线的珍珠项链，正顺着脸颊往下流淌。

大概是自己也发觉了吧，她苦笑着低下头，吸了下鼻子。

"你别误会。"

"傻瓜，我明白。"

因为你是个爱哭鬼啊。

"这叫喜极而泣，懂吗！"

"懂！"

……傻瓜，你知道吗，我真希望你流下的每一滴眼泪，都能流进我的心里，这样我的心才会一直清澄透明。

我俩手牵着手走到了丹波桥的检票口。

"那你要好好打工哦。"

"知道啦。"

"下次给你做饭。"

"我都等不及想吃了。"

她一边走一边回头，终于走下通往月台的阶梯。

我也放下一直举着的手，回味着牵手的余韵往公寓走去。

回到房间，就看到了她帮我整理的成果。

归类叠好的书本和用完折起的纸箱整整齐齐地放在地板上，一看就不是我这种习惯随手乱丢的人能做的事。上午还觉得狭小的房间，突然变得空荡。

和爱美酱在一起的时间是如此幸福，但那个关键的问题还在牵扯我的心。我为接下来要怎么做略感烦恼。

[ *6* ]

画完素描，我来到平时碰头的地方，三条站的扭扭三柱。

她每次都比我早到。

"好早。"

"没你早。"

如今我们已经能轻松地和对方打趣。换成刚认识那会儿，大概见面肯定会客客气气地说"真不好意思让你久等了"之类的吧。

"高寿君慢吞吞的真讨厌。"

"就五分钟嘛。"

"不管。"

"好吧好吧，我真讨厌。"

爱美酱抿嘴痴痴地笑，整洁光亮的发丝摇曳起伏。她今天比以前都要漂亮，好像精心打扮过一番。作为男朋友的我一定要好好赞美她。

"爱美酱的头发好漂亮。"

"嘿嘿，因为我去做过头发了呀。"

"修剪了吗？"

但长度几乎没有变化。

"嗯，剪过。唉，这种事和你们男人解释起来就麻烦了。"

我又仔细看了看，还是没发现不同。女人的感觉还真奇妙，但我也不笨。她会特意去做头发，肯定有特殊的原因。

"我想转换下心情。"

"发生什么事了吗？"

"嗯，也没什么。高寿君要不要也去修一下？你看你的头发都这么长了。"

"唔，好哦……"

我摸摸刘海，其实我也没觉得有多长，不过距上次理发的确已经过了很长时间。

"的确是该剪剪了。"

"听我的没错。"

不愧是学这一行的呀。

"其实我也想试试扎辫子的感觉，不如就这么让头发继续长下去吧。"

"不行！很恶心哦！"

"恶……"

"长头发不打理就会变得脏兮兮的。高寿君你很怕麻烦吧。"

"……也是哦。"

"所以清清爽爽的短发最适合你。听我的没错。"

最近爱美酱经常这样对我直抒己见。

"但经常剪头发很费钱。"

"那让我来给你剪啊。你看我还带着剪刀呢。"

说着她拍拍自己的"百宝袋"。

"快回家。"

"嗯！"

她加快脚步朝检票口走去，我急忙跟上。

我俩下意识地对视了一眼，很自然地牵起手。这次我没那么紧张了，想不到从第一次牵手后的第二天开始，我就能顺利地牵住她的手了。

"对了，我读过了。"

扑通——我的心脏猛跳了一下。

上次分别时，我把自己写的小说复印了一份给她，想听听她的读后感。

"你觉得怎么样？"

"到家再说！我们快回家。"

她松开我的手，从包里取出月票。

"干吗这么着急啊，小心把月票丢了，那你可回不了家咯。"

她朝我嘿嘿一笑。

我俩在房间里相视而坐。

这两天我为此忐忑不安。

从把稿件交给她的那一刻开始，我就开始猜测她读后的感想，想象她读时的画面。还想打电话询问她，但又觉得不合适，最后还是没打。

虽然眼前的她一脸平静，我的内心却在打鼓。

"我看了以后觉得……"

心脏都快跳到嗓子眼儿了。

她突然打开包包，从里面取出一个淡蓝色的信封。

"还是写出来告诉你比较好。"

"哦哦！"

我不明白她为什么要写出来。

"给你。"

"十分感谢，让我好好看看。"

我接过信封，从里面抽出几张便笺纸。

致高寿君：

　　非常感谢你让我看你的小说。

　　当我得知你愿意和我分享你的秘密时，我非常高兴。

　　不光高兴，还吓了一跳呢！

　　你竟然写了这么多，真的非常了不起。

　　我肯定就不行了，估计写不了几行字就得晕过去。（笑）


　　废话就不多说啦。接下来我就要说说感想。

　　首先我想说的是，非常好看！

　　优子这个人物塑造得非常可爱，知道她的真实身份后起先是很惊讶，随后又觉得难过。

　　读到感人的情节时，我也哭了。

　　我想笠原君也很无奈吧。

　　他肯定很想说："我知道你想变得温柔一些，却做不到。"（.ˇ_ˇ.）

后半段的情节就变得紧凑起来。

但因为有事我只能中断，不过好想继续读下去。

一想到这部小说是高寿的作品，我就觉得很骄傲。

我的男朋友是小说家！

但同时也刺激了我，我也得加油了，不能被他比下去。

唉，总感觉自己写得语无伦次。

请以后继续写更多的作品让我看吧！

爱美

*对了，提一个小意见：

我听说在文章中连续出现"像×××一样"的描述，会让文章看起来比较费劲。高寿君你觉得呢？(´．．`)？？

读完后，我把便笺轻放在地上。房间里静得能听见纸张的摩擦声。

这是一份充满了诚意的读后感。

…………

原本忐忑不安的心情就像封冻的小溪已被爱美酱的真诚化解，随之而来的就是春天般的喜悦。

尤其是看到"好想继续读下去"的时候，我简直心花怒放。

抬起头，看见她也歪着小脑袋在等待我的"感想"。

"高寿君，棒棒的！"

"太好了！"

我大大地松了一口气，瘫坐在坐垫上。

"你不知道我有多紧张，老想问你'读过没有''写得怎么样'，还差点打电话问你呢。"

我有些兴奋地说。

"你说想继续读下去的是哪一段？"

"嗯，就是他们早上在公园分别的那段。"

"哦，我知道了……原来如此。"

"怪我没写出来。"

"没有，没有。你直接告诉我也没关系。我没想到你还会写一份读后感给我。这是我的宝贝，我会经常拿出来看的。"

"好开心啊。"

她笑着对我说，眼睛有一点湿润。

此时爱美酱的表情美丽动人，惹人怜爱。

"呀，高兴得我都想抱你了。"

我开玩笑地说。

"那就抱啊，傻瓜，我又不会揍你。"

她俏皮地回答。

我又接过了她给我的勇气。

"那我来啦。"

我挪到她的身旁……抱住了她。

就像一朵芳香温暖的云彩，被我抱在了怀里。

她没有说话也没有动，但我能感到她把身体都靠在了我这一边。

某种情绪油然而生，占据了我的心房并在一点点扰乱我的思绪。原本沉淀在我俩身边的空气开始骚动。

我感到害怕，急忙松开她的身体。

"嘿嘿，哈哈哈。"然后像个傻子似的挠挠头，开怀大笑。

[ 7 ]

她拿剪刀在一个没用过的大号垃圾袋底部剪出一个大小合适的洞。

等我坐好，她就把垃圾袋套在我的身上，从洞口露出脑袋，垃圾袋遮住脖子以下的部分。然后再拿毛巾围住我的脖子，防止碎头发茬掉进洞口的缝隙。她还在手腕上贴了三条胶带备用。

"这样不难受吧？"

听见未来的美发师这样问我，我觉得有点好笑。

"不难受。"

"客人您今天想怎么剪啊？"

"请帮我剪短一些。"

我俩玩起了过家家，都忍不住偷笑。

"剪短点是吗？"

之前我已经洗过头，她用梳子挑起一缕头发，熟练地用剪子修剪末尾的部分。

"技术不错嘛。"

"我也很厉害吧。"

去便宜的理发店偶尔会遇到技术差的理发师。他们剪一次头发，手里的梳子都要掉好几次。爱美酱的动作熟练，我完全不用担心。

"不行的话别逞强哦。"

"我才不会呢。"

"你看看你已经在逞强了。就像什么事儿都说'我行我行'的小朋友。"

"那是你的主观想法好吗。"

因为没有镜子，所以她要不时地来回看。剪几下，就转到我面前看看。有时还扮个鬼脸逗我笑。

"快好啦。"

咔嚓咔嚓，剪刀在耳边轻快地响动。碎发吹落在肩膀和腿上。

不知道剪完的效果如何，现在只有耐心等待。我突然发觉理发店里的镜子原来如此重要。

闭上眼睛能感受到她手指的触碰，背脊有种酥软的顺畅感。

"以前我在电视里见过给恋人剪头发的情节。"

"是吗。"

"好像是在一片海岸边，看上去就像一幅画。"

"人家那么美，我们这里只有垃圾袋。"

"哈哈，是啊。我们只能在一居室的小房间里套着垃圾袋剪头发，但这更接近现实。"

"是的是的。"

"但我觉得这也不错哦。"

"是呀。"

越来越多的碎发掉落在垃圾袋上。

"你摸摸脑袋。"

"哇，短了好多。"

"会不会太短了？"

"不短，读高中那会儿比这还要短呢。"

她又开始修剪鬓发。

"垃圾袋。"

"嗯？"

"我以前也套过一次垃圾袋。小学六年级的文化祭上要演儿童剧。我扮演抚养桃太郎的老爷爷，戏服就是垃圾袋。"

"哎？为什么要穿垃圾袋？"

"唔，小学生的文化祭，服装道具都很随意。"

"那个儿童剧好看吗？高寿君演得好不好？"

"也就那样吧。"

"是吗，我还真想看看。"

"不过当时玩得很开心。晚上睡觉的时候还不肯把垃圾袋脱下来。"

"你很珍惜那段回忆吧。不想那么快就从老爷爷变回原来的自己。"

"是啊，是啊。爱美也有类似的回忆吗？"

"有啊。"

"……刚才，我叫你爱美了。"

"那有什么关系？"

"可以吗？"

"当然可以。"

"……爱美。"

"高寿。"

"……有点害羞，突然改口。"

"没事的呀。"

"爱美。"

"高寿。"

"……你是不是又要哭了？"

"不会哭，不会哭。那之后呢？你就套着垃圾袋睡着了？"

"半夜被热醒了，全身都是汗水。塑料不透气也不吸收汗水，只能脱掉。"

"所以才要穿布做的衣服呀。"

"是啊，是啊。"

剪完了，剪得很漂亮，我很满意。


爱美为我准备晚餐。

她打算做意面和沙拉，意面的肉酱也是自制的。

和上次一样，爱美扎起马尾，还换上了围裙。一旁的我看得入迷。爱美做菜的样子和她平时说话做事一样，认真又有点倔强。用沸水烫西红柿的皮，她总嫌水开得太慢，结果皮剥不下来只能又放回去；切食材的时候太拘泥于每一块的大小；每做一步，她都会用手指着菜谱比对，还会自言自语，嗯放得太多了，嗯下锅有点早了。还真像她的风格。

"好吃！"

我的赞赏让爱美笑开了花。

“太好啦。高寿说好吃。”

“这个肉酱真的很不错，都是用西红柿做主料，但和外面卖的口味完全不同。”

“尝得出是手工制作的吧。”

爱美也吃了一口自己做的意面，满意地点点头。

“第一次吃女朋友做的料理，我的人生圆满啦。”

我一边赞叹一边吃。她却没有动叉子，而是在一旁痴痴地看着我。

“爱美你也吃呀。”

“好。”

“下次换我来做吧。我们做点别的。”

“好的。”

她笑着把卷起的意面放进嘴里，突然吸了一下鼻子，泪光闪闪。

“……怎么啦？”

“我花粉过敏。”

“这有什么好哭的啊。”

“说了是花粉啦。”

爱美真是个爱哭鬼。


我俩靠着叠好的被褥坐在一起看电视。

一开始还会说说笑笑，大家互相吐槽，但渐渐地话就变少了。

这时电视机的声音反而变得很吵。

"……要不要关掉？"

"嗯。"

咔嚓。

电视关闭的那一刹那，整个世界都安静了，仿佛能听见空气在室内流淌。

而我们两个依然坐在那里，一动不动地感受寂静扩散。我并不觉得尴尬，也不用为如何打破沉默费心。只需用心感受着身边的她，沉浸在令人愉悦的静谧中。

两人仿佛拥有了心灵感应，我知道她也在享受这份宁和。

我俩几乎同时转头，把脸朝向对方。

此时我下意识的念头就是吻她。

但既然有心灵感应，她肯定和我想的一样……

这之后就如同冬去春来一般自然。我们歪着脑袋，试探性地接近对方，一点一点，最后……唇与唇贴合在一起。

没想到会如此简单顺利，但内心出乎意料的舒畅，扩散开来的涟漪传遍全身。不知为何，此时我心中"就是这个人"的感觉比任何时候都要强烈……我感动了。

大家都一样吧。大家在接吻时都会有如此美妙的感受，也一定会被感动吧。

四瓣唇暂时分离，我俩羞涩地注视着对方。

刹那间，又被对方的磁性吸引。

我紧紧地抱住她娇柔的身子。

[ *8* ]

所有事如行云流水般一气呵成了。

我和爱美相拥在暖和的被窝里,分享着各自的体温和爱意,一些小动作屡屡把对方惹笑。

一切都很完美,我甚至觉得此时此刻的体验是我此生最重要的记忆,就算明天是世界末日,我也毫无遗憾。

面前这个美丽的女孩在对我微笑,她的眼里是我,心里也是我。我能感受到她每一寸肌肤的温柔。我也给以她我的所有。我们水乳交融,不分彼此。

四月末的某个夜晚,两颗无拘无束的心真正融合在了一起。

像这样不知持续了多久。

她突然拿起放在枕边的手表。

"呀……"

"……几点了?"

"十一点。"

"这么晚了。"

她的门限时间快到了。

我只能把状态切换过来，但身体显然并不情愿。我想和爱美在一起，但如果打破门限让她父母担心的话，恐怕会对我们的将来不利。

我坐了起来。

"我送你回家吧。"

说着我转过头去看爱美。但她还脸朝下趴在枕头上。

"……怎么了？"

问她也不回答，只是摇了摇头。

不会又哭了吧——我刚这么想，她就一扭身翻了过来。

"回家吧。"

说完就起床，爱美把手伸向叠好的衣服。

"我送你。"

"没关系，你睡吧。"

"那怎么行。"

我也去拿自己的衣服。

穿衣服的间隙我瞥了一眼爱美，她穿着内衣的身姿充满了女人味。我想把她紧紧地抱在怀里，一生一世用尽所能地去保护她。

发觉我在看她，爱美用嗔怪的眼神瞪了我一眼。我能想象得出自己的脸上挂着怎样的表情。

锁好房间的大门，我俩下了楼。

刚走出公寓我就牵住了爱美的手。余温未退，掌心与掌心之间的温度要比往日温暖，手指的交缠也更加亲密。

"——路上当心哦。"

几乎已经没有人的检票口前，我俩面对面手拉手地站着。

离别的气氛越来越浓，我看了一眼检票口后方的电子显示屏。

"电车就要来了。"

"是啊。"

她盯着显示屏的侧脸几近透明，散发着哀愁的气息。为了按捺挽留她的冲动，我随口说道：

"过了十二点还没回家，魔法就失效了哦。"

"是呀。"

爱美转过脸，依依不舍地朝我笑着。

"魔法要失效了。"

然后就像往常那样，她屡屡回头，挥着小手走下通往月台的阶梯。

直到她的身影消失不见，我才转身回家。

走在刚才和她一起走过的街道上，我觉得有些孤单。不过一回想起幸福时刻的画面，心里又觉得温暖，下意识地抬起头仰望夜空。

明天开始就是黄金周了，待会儿查下我俩能去哪里玩。满脑子都是假日计划和出游时的画面，回过神来发现已经到了家门口。

我站在换鞋的地方眺望着不大的室内，想从中寻找到一点爱美留下的气息。

那个百元店买来的靠垫旁边似乎有什么东西？

是一个小小的记事本。

我不记得自己有这样的本子，大概是经常拿出来用，本子都有些旧了。

是爱美掉的吧。不过也可能是我的但不记得了。搬家总能挖出很多深藏在回忆中的古物。

于是我翻开记事本，想看看里面的内容。


5 月 23 日

这是我和他的最后一天。

我们在宝池拍了照片。


5 月 22 日

去了他的家里，见了他的父母。


5 月 21 日

在丹波桥的公寓里过了一天。★


5 月 20 日

在西内君的家里聚会。

……这是什么？

上面明明写的是日语为什么我看不懂？我不明白这几行字写的究竟是什么意思。

这里的"他"应该就是我。可是今天是四月二十八日啊。我不记得发生过上面写的事，难道是密码？

但有一点我能肯定，这的的确确是爱美的字迹。

电话响了。

我吓了一跳。

来电显示是"公用电话"，我马上知道是谁打来的。时机太巧了，难道……

我忐忑不安地按下通话键。

……两人都不说话。我正想先开口时……

"高寿。"

"嗯，怎么了？"

**"你已经看过记事本了吧。"**

总觉得她这句话似乎别有深意，是什么我还没想到。

"看过……了。"

哦，原来是这样。她好像一开始就知道我已经看过，问我只是确认。

"你应该看不懂上面写的是什么吧……"

"的确……"

"我想也是。"

她苦笑着说。

"那是？"

"我现在来你那里行吗？"

"啊……？"

"其实，我现在在丹波桥车站。刚才我等高寿离开后，马上回到了检票口。"

我脑子开始乱了。

她越说我越觉得跟不上她的节奏。

"……这么晚，爸爸妈妈不会责怪你吗？"

我突然发觉问这个问题有点蠢。

"那我来啦。"

她湿乎乎的鼻音听着感觉很伤心。又在哭了吧。这时我才相信，电话那头的人就是我的爱哭鬼爱美。

"我不想再瞒你了，全都告诉你。"

我的世界微微一颤。

通话结束后，我还没放下手里的手机，过了一会儿才回过神。

从车站走过来没多少路。

我左右看看房间，还是先把被子和被褥整理好吧。

她究竟瞒着我什么？

我开始做各种假设，为待会儿即将受到的真相冲击做准备。

我先想到的是爱美会有很古怪的癖好和习惯，或者异于常人的思维。

但这一条条都被我盖上了"没关系，我能接受"的通行印章。

这些我都能接受，没关系的，爱美，你放心吧。

心绪和房间都整理完毕，我坐在矮桌边焦急地等待。

门铃响了。

我一跃而起跑到门口打开门。

看见爱美心事重重地站在门口。

我笑着把她领进屋，两人面对面坐下。

"要喝点什么吗？"

爱美抬手看表，摇摇头。

"快没时间了。"

"……还要赶着回家吗？"

爱美看看我，低下头笑着说。

"其实那是骗你的。"

我早有预感，但听她亲口告诉我还是觉得诧异。

"为什么要骗我？"

她调整了一下呼吸。

"你听我说。"

"……"

"我接下来要说的事，是超现实的。"

"……"

"我说的可能会吓到你，但请你相信我所说的。"

为何她说的这些总感觉在哪里听过？

"……你想说什么。"

剧情似乎拐向另一条路线。

房间里静得出奇，我仿佛能听见爱美那件羊绒外套上静电发出的噼啪声。

就在我想拍拍她的肩膀时。她突然说：

"高寿，如果我说这个世界与另一个世界相邻……你怎么想？"

"……"

她的意思是平行世界？这个话题就有点专业了。不过经常看漫画的人倒也不会陌生。于是我回答：

"我相信平行世界的存在。"

"我就是从那里来的。"

"啊？"

"我是与这个世界相邻的另一个世界的人。我是从那里来的。"

我表面上很平静，心里却在刮十级大风。

这要怎么解释？目前我能想到的可能性有三种。

①爱美是个电波女❶。

②她是个喜欢妄想的中二病。

---

❶特指那种好像会发出怪电波给人洗脑的怪人。电波系的女生一般被称作"电波女""电波娘"。

③她在骗人，想给我一个惊喜。

现在看来第三种推测的可能性最大。我们接触有一段时间了，爱美的性格和脾气我也算了解一些。她不是不可能会和我开这种玩笑。像她这么聪明、这么调皮的女孩，有时会做出些让男朋友无可奈何的事来。

"我不是电波女，也没中二病，更没有和你开玩笑。"

这次我真的被她吓到了。

**"高寿君刚刚就是这么想的吧。"**

平静的脸上突然散发出神秘的气息。她好像什么都知道，还能看见我看不见的东西。

"……"

难道她说的是真的？

"时间刚好。"

她看看手表说。

我也打开手机。屏幕上显示的时间是 23:58。

"到零点会发生什么？"

"'调整'启动。"

"调整……？"

"我的世界和这个世界的时间流动方向完全不同。我只是暂时被你所在世界的时间滞留在这里，所以才会发生很多无法解释的事。为了防止问题扩大，必须进行调整。"

"……？"

她在说什么啊，我完全不明白。就好像拒绝接受异物塞进脑子。

"具体地说，到了零点，我就会原地消失。"

"……"

"啊，你放心。只是你所在世界的时间向前迈进了一天。我则是后退了一天。"

思维和情感都被突如其来的信息给麻痹了。我只能强迫自己冷静地分析她说的话。

恍惚间，我见她叹了一口气。

"也难怪呀。这时候和你说这些，你也一下子反应不过来吧。"

她无奈地皱起眉头，眯起眼睛，露出哀伤的神情。哎呀，这惹人怜爱的女孩不正是我家的爱哭鬼爱美吗。但我实在不知道该如何安慰她，甚至不能理解她为何伤心。

"把手放在我肩膀上。"

"……啊？"

"我马上就要消失了，证明给你看。"

"……"

"快，还有二十秒。"

见我还在迟疑，爱美原本强撑起的笑容快坚持不下去了。

"听我说了这些，你是不是不想碰我了？"

我把手放在她的肩膀上，外套柔软的触感和肌肤的弹性传达至掌心。

"……谢谢你。"

爱美嘟囔道。

"明天，二十九日早上六点，我会在你大学的教室里等你。"

她打断我的提问，又接着说。

"我接下来要说的非常重要，你听好了。"

她深吸一口气，用清晰而又低沉的声音说：

"你把十年前交给你的那个盒子带来。就是和漫画放在同一个纸箱里的盒子。"

我惊奇地刚想提问，手掌却"啪"地一下拍在地上。

消失了。

无论看多久，眼前就只有墙壁。

原本遮挡住墙壁的那个人却不见了。

……

伸出手轻轻挥了几下。什么也没有。

我真怀疑自己是不是在做梦。这么诡异的梦，能醒的话还是快点醒过来吧。

……醒不过来，因为这不是梦。

我放弃了，抬头看看时间。零点刚过两分钟。

[ *9* ]

很久没有见到晨雾了。

黄金周第一天的清晨，空无一人的大学校园中弥漫着白色的雾气。

好像勇者要挑战最终迷宫似的，我一边想一边爬上通往教学楼的坡道。

我整夜没睡，想睡也睡不着。

意识到爱美是真的消失后，我才开始思考眼下的问题。虽然还记得她说过的话，但我一直不敢去面对，仅把自己当成一个旁观者来逃避。烦恼都是基于现实的问题，我拼命逃避，是因为知道自己无法解决这超越常识的烦恼。

唉，吸了一口满含水分的空气。

那个盒子就放在挎包里。

走进教学楼一楼的大厅，因为没有开灯，光线昏暗，室内的空气阴冷潮湿。

我走上正面的楼梯，很快就看到了教室的黑色金属大门。

扭动门把手，慢慢地往里推。

教室里灰蒙蒙的，窗户的玻璃被晨雾濡湿。光线透过玻璃照射在课桌的表面，就像结了一层霜。这幅画面让人想起拂晓的海边。

爱美坐在我的座位上，看着贴在墙上的长颈鹿素描。

她缓缓地……转过头。

脸上带着微笑，轻轻地拨弄了一下头发。她的头发好像不太一样。

比昨天要长很多。

我带着疑惑走到爱美的身边。

我现在最希望的是她能对我说"吓了一跳吧"，然后哈哈大笑，开始揭示消失的奥秘。接着告诉我这一切都是玩笑。我也随之大呼上当，然后开始问她为什么要费心演这样一场大戏。

"吓了一跳吧。"

爱美说。她的语气和昨晚再次来我家时一样平静。

而我不知道该怎么回应她，于是就问：

"……头发？"

"唔，长了很多吧。"

"是假发吗？"

"是真的。"

那就太奇怪了。

今天她的头发几乎垂到腰间，比昨天差不多长了二十多公分。一个晚上就能长这么长？

"不是长出来的，**我只是没剪**。"

"哎？"

"为了让你相信我接下来要说的话。你先思考几个问题。"

爱美对我说。

"首先是那个。"

她指着墙壁上的素描说。

"高寿你也问过我吧？你想问我是怎么知道这幅画会贴出来的，但当时被我应付过去了。"

我将视线从爱美身上转向墙上的素描。

"对不起。其实我早就知道，原本打算在那个时候说的。"

她的说法怪怪的。

"打算说？但你没说。"

"是呀。"

我想起记事本上那些奇怪的话，似乎有点明白了。

第一行是五月二十三日，之后第二第三行的日期开始往回算，一直到我们初次相见的四月十三日。

那一天上写的是"最后一天"。

"我没有预知能力。但因为你我世界的时间流向是相反的，所以我才……"

墙上的素描翘起了一个角。光照下，纸张和墙上的阴影合起来就像只翅膀颜色不同的蝴蝶。

"所以我才知道，知道你的素描会贴出来。四月十四日对你来说是过去，但对我来说却是未来，从今天开始算起十五天后的未来。头发也是这个道理。"

她站起来，捧着发束给我看。

"明天去剪头发。明天，去美容院，然后在三条站扭扭三柱那里等你……但对你来说，这是昨天发生的事。"

爱美手中的发束和她圆润的脸庞就像月亮一样散发着朦胧的光。

同样朦胧的还有我的思绪。一个个疑问在我的脑海浮现。

她为什么知道我的素描会被贴出来？日期往回写的记事本，比昨天要长很多的头发，相邻世界的人，流向相反的时间。

"……不要想了。"

我拼命抵抗。

我不想继续想下去,因为再想下去会触及一个可怕的事实。

"……盒子拿来了吗？"

爱美一脸严肃地问我。

对，还有这件事。

"你是怎么知道这个盒子的？我没有对你说过。"

"我很早就知道了。"

她用洞察一切的眼神看着我说。

"十年前把盒子给你的那个人你还记得吗？她看起来有几岁？"

"……不知道。小时候的事，不太记得了。"

"她应该戴着墨镜吧。所以你不记得她的长相。"

"……"

"那个阿姨正好三十岁。"

爱美微微一笑。

"她就是十年后的我。"

"…………"

"高寿所在的世界，和我所在的世界，时间前进的方向是相反的。我的明天，就是你的昨天。我的十年后，是你的十年前。"

所以呢……

"十岁的你遇到的是未来的我。你明白吗？"

长尾雉鸣叫着从远处飞过。

我也站起来凝视着爱美。听她这样说，我渐渐回想起十年前请我吃章鱼烧的阿姨的长相，因为我曾透过墨镜的缝隙瞥见过她的脸。

……好像是她。

但还不能肯定。爱美从随身携带的包包里拿出一把小小的钥匙。

"来吧，我们来履行那个约定，一起把盒子打开。"

"……"

她盯着我的手，浮现出无可奈何的苦笑。

这时我才发现……我正死死抱着挎包，像怕被人抢走似的。

我感到左面有一道强光。

朝阳越过了山脊，刺眼的光束透过水汽已被蒸发的玻璃打在我的脸上。教室每个角落都被晨光笼罩。

"高寿。"

"……"

我的大脑空白一片，她说什么我虽然听见了但就是无法做出反应。

依然抱着挎包，一动也不动。

"为什么……要打开。"

说这话时挤出来的笑容肯定很难看。

"为了证明我们的历史，必须打开。"

背着光的爱美对我说。

她的话像命令又像是解开魔法的咒语，我松开了双臂。

"……历史？"

"打开了再和你说。"

……

我打开挎包，取出盒子。

这是一个已经失去光泽的茶色盒子。晨光照射在盒子像是树脂材质的表面上，好像和得到它时没什么两样。

"那我来打开它。"

爱美坐到我的身边，我把盒子的钥匙孔朝向她，她插进钥匙，轻轻转动。

"咔嚓"一声，盒子上的锁打开了。

我看看爱美，又看看盒子。她想让我亲自打开。

我用大拇指抵住盒盖，慢慢地往上掀开，感觉自己能听见心脏的跳动声。

掀开三分之一的时候，我有种错觉，好像十年前被封印的气息从盒子里跑了出来。接着我一鼓作气地把盒子完全掀开。

放在里面的是……

一张照片。

是现在的我的照片。

不是十年前的，而是二十岁的我。

而照片中我身边的人是爱美——现在的爱美。

两个人脸上挂着冬日暖阳一般的笑容。

拍摄地点是宝池的东屋，日期是……2010.05.23。

差不多一个月后。

"你再仔细看看。"

照片中的我拿着我现在正在使用的手机。十年前肯定没有智能手机。

"你还说如果是 iPhone 就更容易分辨。"

她的意思就是说。

"这张照片是我二十四天前，也就是你的二十四天后拍的。"

……我觉得眼晕，不由得闭上眼睛。

照片里的人的的确确是我和爱美，但我不记得拍过这张照片。

虽然是真相脱离了现实，但证据放在这里，我只有相信。

[ *10* ]

"是呀。" 爱美说。

"地震时来救你的人是我。"

"十五年前。"

"十五年后。"

我和她走在通往后山的小道上。天亮后教学楼里的人逐渐多起来，我俩决定去外面找个人少的地方。

小路两旁的树枝上挂着许多学生做的彩色鸟屋，两棵树干之间还挂着一张吊床。小路的深处有一座水塔，我和林他们曾爬到过水塔的顶端。

"爱美的未来是怎么样的？"

"唔，未来的事到了未来才知道。"

对我来说，未来也是很遥远的事情。

"这是三十岁的高寿告诉我的。"

"三十岁……"

"是呀，三十岁的你。那时我十岁。"

……她说得我脑子有点乱。

爱美兴趣盎然地注视着树上的鸟屋，对我说：

"五岁的时候……你救了我的命。"

爱美看着一脸诧异的我，眯起眼睛笑笑。

她以前好像是说过五岁的时候差点死了。

"那就是说——"

"嗯嗯，我的救命恩人就是你，高寿。"

我正想说话，发现已经走到了水塔旁。说是水塔，其实就是个锈迹斑斑的大铁罐子，外壁上有一架金属梯。

"要爬上去看看吗？"

"上去干吗？"

"能看见很漂亮的景色。"

"那就上！"

我俩坐在水塔上眺望远处的风景。丘陵连绵起伏，宛如绿色的海洋。山腰下有整齐的田埂和农家，还有四周拉着网的体育场。早两周还能看见成片的樱花树，而今已被后起的新绿取代。

"怎么样，不错吧。"

"好美啊。"

"你喜欢就好。"

爱美观望着视野中广袤的群山。

"……五岁的时候，我第一次来这个世界。"

我们接着刚才的话题继续往下聊。

"我是被双亲带来的。对我们来说，来这个世界就像去遥远的海外旅行。正好那一次我们三人的周期一致，所以才能一起来。如果没有特殊情况，这样的机会恐怕只有一次。"

的确如此。

"那天，我们全家去庙会玩，结果活动现场有一个摊位爆炸了。是非常严重的爆炸，而我正好站在附近。如果不是那时有人跑来拉了我一把，我就死定了。而那个拉住我手的人就是你呀。高寿。"

我转过头。她依然眺望着风景。

"当时你抱着我，拼命对我说话。但说了什么我不记得了，声音和画面都模模糊糊的。"

"……那当然了，那时候你还小，又受到那么大的刺激。"

"唔，说得也是。"

她缓缓转过头，凝视着我的眼睛。

"然后我就对你一见钟情。"

远处传来睿山电铁疾驰而过的声响。

"……对我？"

"正是阁下。"

她捂着嘴笑道。

"五岁的我看到你的时候，脑子里突然生出'就是这个人'的想法。我也不明白为什么，但就是灵光乍现，感觉全身上下每个细胞都认出了你。"

就是这个人？这话听着好耳熟。

"我见到你的时候也有这种感觉。"

我出神地看着爱美，感觉内心深处有一股暖流由下往上渐渐浸透了我的整个身体，我整个人也随之变得透明。

为什么我在看她的时候身体会有如此直观的感受？这几乎是下意识的，并不需要思维的介入。难道是因为我们都曾救过对方，两人生命已经成为一体了吗？

我很乐意接受这样的解释。

"我救了你的命。"

"我也救了你的命。"

她接着我的话说。

"我们今天能像现在这样见面，是因为我们在自己的世界里向前进发，然后都在未来救了对方。也不知道是谁先救了谁，产生了因果……因为这特殊的缘分，才能让我们在二十岁的现在，能看着对方的眼睛说话。"

……

我们的过去，现在与未来，都深深地联系在一起。支配我们的，恐怕只有……

"命运。"

"是呀。"

她大笑着说。是知道我在心里想到的那个词了吧。

命运啊，这个词虚无缥缈但又分量十足，压得我放弃原来的坐姿，干脆躺了下来。

但眼前的爱美是真实的，她是我无可替代的唯一。

或许在别人看来，我和她都是再普通不过的男女。但我们却是对方独一无二的恋人，特殊的存在。

因为我们真的非常非常特别啊。

树林里吹起了寒风，春季的早晨还是挺冷的。

"冷吗？"

我坐起来问她。

"有点。"

"……靠过来。"

"……嗯。"

爱美就像只小猫钻进了我的臂弯，身体靠着我。我搂住她的腰肢，轻柔的手感和被依赖的感觉让我满心欢悦。

虽然令人难以置信，但能和特别的人结下特别的羁绊，难道不是一种特别的幸福吗？

"……但也只有现在。"

爱美犹豫地说。

"什么？"

"我们的相逢是暂时的。"

冷冽的寒风吹疼了我的耳朵。

"……什么意思？"

"我……我们那个世界的人，每五年才能来一次这个世界。五年一度，可以在这个世界停留四十天。"

是因为天气太冷了吗？她说话时嘴里吐出白色的气息。

"下次再见就是五年后了，那时候我十五岁，你二十五岁，我们相差十岁。再下一次是十岁和三十岁……你应该能预见我们的未来了吧。"

我心如死灰，只剩下看着她眼睛的力气。我从她贮满泪水的双目中读出了无可奈何的哀伤。

"所以呢。"爱美接着说。我最爱她饱含魅力，如呼吸一般自然的吐字发音。

"从现在开始的每一分每一秒都是宝贵的，我们二十岁的恋情限定在五月二十三日与四月十三日之间。"

我紧紧地抱住爱美。

我怕不这样做，她就马上会在我眼前消失。

"对不起。"

爱美轻声说。

"你不需要道歉，我只是不知道该怎么样才好。"

我望着空无一物的天空说。

她抬起手，轻柔地摸着我的头发。

"这么精神的头发是谁剪的呀。"

一下又一下，短发被她抚摸着，感觉非常舒服。

"剪得这么好，当然是我啦。"

"……爱美明天要去剪头发吗？"

"是啊，明天我也要去剪头发。"

我倏地贴近爱美的脸庞，她双目微张随即微笑着眯成两条缝，然后轻轻地合上眼睑，回应我的吻。

我想用这个吻来将某些东西暂时埋藏进心底。

第三章

明天的我与昨天
的你约会

[ *1* ]

素描没多久，水滴就从天而降。

雨下得不小，包括我在内，来动物园画画的同学都跑进了图书馆。

因为是动物园的图书馆，和动物有关的图书占了大半。班里有个强人直接抽了本图鉴出来照着上面的图片画。

喂喂，这样根本没意义吧。本来想吐槽的，但想想还是算了，其实他的心情我也能理解，动物跑来跑去十分难画。教授说有些画家拥有瞬间把画面印刻在脑海中的能力，但这种"超能力者"毕竟是少数派吧。我们除了赞叹下还能干吗。

"南酱。"

京阪组的岛袋向我搭话。

"福寿小姐怎么啦？"

"啊……她还好啊。"

这几天经历得太多，我得缓一缓才能重新面对别人。

"你们是不是吵架了？"

"没有，你想多了。"

"如果有事就和我说。"

他拍拍我的肩膀，我点头感谢。一脸大胡子像山贼似的岛袋是个温柔的大好人。

"真的没什么，待会儿我们还要约会呢……"

"是吗？"

"南山有女朋友了吗？"

旁边一个同学突然插进来问道。

"就是上次和你一起的那个女孩？"

"……是啊。"

"不错嘛，人超可爱的。"

嗅到了萌妹子的气息，原本无聊的一群人都聚了过来。

"有这么可爱吗？"

"我要看照片！"

被围在中间的我只能拿出上次约会时候拍的照片给大家看。

"哇！真的超可爱！"

"南山同学艳福不浅。"

我的手机在他们手中传阅，每个人看过后眼睛都像吃了冰淇淋一样。

"在哪里认识的？"

"是这小子搭讪认识的。"林说。

"不会吧！"众人异口同声地惊呼。

之后他们就开始问我各种问题，但我并没有觉得麻烦，虽然有些害羞但还是很耐心地说给他们听，只是现在的心情有些复杂。

他们肯定都想不到吧，照片上这个可爱的女孩子会是"异世界人"。

我今天要约会的女孩是昨天的她。

我撑着伞走下通往三条站的自动扶梯。今天和我见面的不是昨天在水塔上和我接吻的爱美，而是比那更早的她……我一整天都在纠结这个问题，并且为待会儿的见面感到不安。

宝池，是两个世界的边界。

从她的世界来我们这一边是单程旅行，而在这附近有专门管理异界旅行者的管理处（具体在哪里她没有告诉我）。爱美住进管理处为她安排的房间，为了防止出现不可调和的时空混乱，严禁她使用手机。

我到了见面的地点。

车站前的扭扭三柱——爱美依然比我早到，正静静地站在那里等候。

她看到我到了，我有些木然地举起手。

"唔。"

"唔。"

两人用只有对方懂的方式打起招呼。

见到她的那一瞬间，我原本悬着的心就放下来了。

"今天去哪里？"

"高寿想去哪里？"

"去书店看看书吧。"

"好。"

佛祖说人生只在呼吸间，这句话看来不假。即便经历过昨天的巨大冲击，我和她的"现在"也没有任何变化。

看完书后我们就去了经常去的那家星巴克。

我俩照例还是坐在吧台前。沙发座我们也坐过，但还是喜欢这里。我扫了一眼刚刚买的MOOK❶，这期的主题是脑科学，封面上罗列着从未听过却让我很好奇的专业名词。这书的价格不便宜，但我觉得肯定很好看就很爽快地买下了。

"好像很好看。"

爱美说。

---

❶一种杂志型图书。

"肯定好看。"

"但很难懂哎。"

"唔，但里面的内容很有趣。"

"高寿就喜欢看难懂的书。"

我俩一边闲扯，一边小口喝着咖啡。

爱美手肘撑在桌上，捧着马克杯，眺望着窗外的鸭川，时不时品上一口奶香四溢的摩卡。她的杯子是黑色的，手指在杯子的映衬下，细长又好看。

……至此为止，我们相处的时光是美好宁静的。

我可以选择像这样继续下去，但有个问题我不得不问。

"爱美。"

"唔？"

"你是从我的未来回溯而来的吧。"

爱美不露声色，却很确信地说：

"是的。"

"那就是……你与未来的我永别后，又见到了年轻的我。"

"是呀。"

"那么你，你有什么感觉？"

"很不可思议的感觉。"

她回答得很干脆。

"除此之外呢？"

"唔……另外的感觉啊。"

“是啊。”

爱美轻轻地把马克杯放在桌上。我又问：

“那个记事本上写的事都是我告诉你的吧？”

“是啊。五年前——对高寿来说就是五年后，上面写的事都是你二十五岁时告诉我的。”

其实我很想知道自己二十五岁时的状况，但一直没敢问。我怕问了以后就会对未来造成影响。

记事本已经还给爱美，不过我记得里面的格式是日期加几行简短的叙述。有些日子什么都没写，有时候还会跳过好几天，有些日子的文末会加上一颗★，但什么意思爱美说她也忘了。

“然后你就按照上面写的去做。”

“是啊。”

“但为什么要这样呢？就算不是完全一样，也不会有什么问题啊。”

“不是这样的。”

真难得，爱美很明确地否定了我的看法。

“如果不按照写的去做，我怕很难让高寿君相信我。所以我才会做各种各样的安排。”

“……是嘛。”

“我们的邂逅和进展，都必须遵循历史，保证历史不会混乱。”

“原来……那么重要啊。”

我低着头，吞吞吐吐地说。

"……真不敢相信。"

"的确如此。"

"五年后的我告诉你会发生什么，然后你回到五年前重新做一遍我教你的事。哪个在前，哪个在后，根本说不清嘛。"

"是呀是呀。"

"世界真奇妙。"

"万万想不到。"

我俩一搭一唱地说着，出神地看着窗外。

黄昏的鸭川沿岸，今天依然是恋人排排坐，也有路人在河岸边悠闲地散着步。

见面之前我还有些心神不宁，显然我是多虑了。我们像往常那样聊聊天散散步，不安的阴云就咻咻地被清风吹跑了。两个人又恢复到自然宁和的状态。

"啊——"

一条博美犬跟着一个老爷爷踏着小碎步慢悠悠地走着。它张着小嘴，仿佛能听见呼呼的喘气声，十分可爱。

"你看，上次那只小狗。"

"哇，好可爱。"

我突然感觉不对。

爱美的反应就像第一次见到那只狗一样。

她也马上意识到我发觉了。

我见她突然闭上了嘴，表情惊慌失措。我还是第一次见到爱美这样。

"记——记忆，记忆会让人的意识产生错觉。"

"什么？"

"这不是高寿告诉我的吗？其实人类的意识原本就不像灵魂一样是固定一成不变的。人脑中的各种机能都在争夺意识的主导权，而真正的意识就在争夺中浮现了，像影子一样虚无缥缈。不是有这样的说法吗……"

"……"

我不记得说过这样的话，但突然想到了什么。

我看看放在脚边的挎包，里面还放着今天刚刚买的脑科学主题 MOOK。

我抬起视线，发现她也看着挎包，表情要比刚才更加严肃。

[ 2 ]

山里的天气说变就变。

出站时稀稀拉拉的小雨变成了雨雾，像轻舞的烟尘在空气中飘摇。

我们坐缆车升到了半山腰，再悠然地拾级而上，抵达了山中的神社。

鞍马，我们来啦！

却是按照记事本上的规划来的。

"高寿，我们坐到那边去吧，能看到最棒的景色。"

爱美指着角落里的一张长椅说。

长椅正对面的视角极佳，群山美景尽收眼底。或许这个位置就是为了赏景而特意设置的。

"嘿哟！"

爱美一屁股坐在长椅上，大概爬山有些累了。

我没有和她坐在一起，而是站在长椅边上看着她。爱美也没问我为什么不坐，只是有些小小的不乐意，嘴里嘟囔着眺望景色。

"屁股疼。"

说着她倏地站了起来。

"坐着不舒服，这椅子太高了。"

她看了我一眼，气鼓鼓的样子好像在说："真是的，也不知道关心下女生。"

"高寿你也坐坐看。"

"……不用，我就算了。"

"好吧。"

她装出不在意的样子说。

"我们去神社里参拜一下吧。"

"哦哦。"

时值黄金周的尾声，同样来旅游的人数要少很多。我们并入参拜的队伍中，没排多久就轮到了。

"许个愿吧？"

"唔……算了。"

"好吧……那我许个什么愿好呢？"

"不知道……许完愿快走吧。"

爱美一时语塞。

"唔，好的。"

然后依旧表现出不在意的样子。


走出神社，我们走在弯弯曲曲的小道上下山。

前面有一座黑乎乎向上耸起的雕塑。

"你看那个！像不像竹笋？"

今天的爱美热力四射，大概是感觉到我的冷淡了吧。我也不想这样，但就是提不起精神。

"生命，爱与光与力。"

爱美在读雕塑旁金属板上的解说，回头对我说：

"好厉害的竹笋啊！"

我已经——受不了了。

"……爱美。"

"怎么了？"

爱美若无其事地问我，但似乎很怕听到我的回答。

"你非得按照记事本上的内容和我交往吗？"

雨雾像一层膜照在她的脸上。空气中弥漫着湿润的腐土味。

空中飘荡着雨雾，时间似乎回到了那天清晨的后山。

"只遵循最低限度的要求不可以吗？只要十五年后，我们还能拯救对方。"

水汽凝结在爱美的睫毛上。

"为什么要说这种话？"

她像个受了委屈的孩子似的问道。

我也没好气地回答道：

"因为……这样很难受。"

还是忍不住说出来了。

"我已经变得不认识你了。不仅如此，回想和你在一起的片段时，这种感觉变得更加强烈。那天我在得知真相后才开始注意到这一点……开始我还不愿意相信，看到你很努力地对见到和遇到的事做出反应，我突然明白了。你说的话，做的事情，全都是……我觉得很难受。和我交往的人不是真正的你，不是爱美。"

我断断续续地说出了全部想法，像个快要溺死的人在呼救。

"和你在一起的感觉很难受。"

身穿雨衣的三口之家从我们身旁走过，好奇却又谨慎地看着我们。

爱美什么话都没有说，只是站在那里。

"……对不起。"

她被我的话伤到了，我逃跑似的转身离开。

但她拉住了我。

转过身，看见爱美心急地看着我。

"别走。"

整齐上翘的睫毛被厚重的水汽濡湿了。

我的忍耐已经到了极限，只能抛出一句最不想说的话。

"本子上没有写我会走是吗？"

爱美愣住了。

我这句话像一根刺扎进了她的心房。

我甩开她的手。

"……我明白记事本上的星号是什么意思了。"

爱美像被人揭起伤疤一样痛苦地低下头。

"但我不想再那样做了。"

说完我一个人向山下走去。

爱美没有追上来。

[ *3* ]

我记得记事本上标记★的记录有两条。

分别是"5月21日"和"4月28日"。四月那天是我第一次发现记事本的日子，所以记得特别清楚。

四月二十八日那天发生了什么？是以前没发生过的。是不是因为涉及隐私，所以特意用记号表示，就算被看到了也不会明白？

后来我才想到，原来是这个意思。

那天是我和爱美的第一次。

我不知道那天会发生什么，但从未来来的爱美却知道。

也就是说，那天爱美早就知道我们要做什么，包括我俩的第一次，但她却要装出什么也不知道的样子。

我一开始还觉得没什么。

但细想下去，记事本上或许还写着我们什么时候第一次接吻，什么时候第一次牵手，这些对情侣来说重要的发展全都有记录。想到这里……我已经不敢再想了。

我甚至萌生出不想再见她的想法。

这一切难道不是演技吗？全然不顾我真正的想法是什么，只为了配合过去与未来行动……

像是一滴墨汁落入原本澄清的水中。

……

午夜时分，我走出房间下楼，运动鞋踩在楼梯上发出清脆的响声。

掀开投币洗衣机的盖子，我取出洗好后像甜甜圈缠绕在一起的衣物，然后放进一旁的干衣机。我在房间里一动不动地想了很多事，快睡觉时才发现衣服没洗。

投入一百日元的硬币，干衣机开始转动。

我蹲下身子，呆呆地注视着滚筒的玻璃窗。

这样一来，未来是不是会发生变化？

如果我不再和爱美见面，那她将要回到的过去，以及我的未来都会改变吧。

——真是这样的吗？

难道我和她产生的矛盾也是预定中会发生的事？

不会吧。

但是……

如果真是预定中会发生的事，也就是说爱美会解开矛盾，让我们再次见面。

的确有这种可能。

其实我们的关系也没有到无药可救的地步嘛，或许会拨云见日哦。

……但究竟要怎么做？

怀疑和不满已经在我心里生了根，我不知道该怎么面对她。

光是回想起和她经历过的事就觉得很辛苦。

就像昨天那样，无论她做什么，我都会怀疑她在按剧本演戏。

爱美也一样吧。对，爱美肯定和我一样难受。

我拿出手机，想看看她的照片。

那是我们正式交往后拍的第一张照片。

爱美站在我曾画过的石桥边上，展露出明媚的微笑。

她很爱笑，虽然心中堆积着块垒，却还要努力不让我看出来，频频展现笑容。


——呀。

不对。

不是这样的——

阴云无声无息地飘离心头，我终于意识到自己的错误。


**"我还是个爱哭鬼。"**


是啊，爱美爱笑，但她也经常哭啊。

她经常因为一些细枝末节的小事，在我意想不到的时候哭起来。

让我想想，她什么时候哭过。

我们第一次牵手的时候。

第一次给我做饭的时候。

第一次改变对方称呼的时候。

这些对我来说都是第一次，但对爱美来说却是"最后一次"。

再也回不去，逝去的第一次。

"这叫喜极而泣，懂吗！"

"懂！"

——其实我根本就不懂。

"下次换我来做吧。我们做点别的。"

"好的。"

"……怎么啦？"

"我花粉过敏。"

"这有什么好哭的啊。"

——因为没有下次了。

"……——爱美酱。"

"嗯。"

"……"

"……高寿君。"

"嗯，不错嘛。"

"是吧。"

"是吗……哎？讨厌，我怎么哭了。"

——我现在才明白你为什么会哭。

"……"

我捧着手机，视线变得模糊，心里一抽一抽地疼。

**"我们还能再见面吗？"**

**"会的。"**

我已经——找到了答案。

不仅仅是我一个人的答案，而是我们两个人的答案。

现在哪儿还有闲心等衣服烘干啊，我连忙跑上楼。

为什么这么简单的事我就没想明白？

不管什么另一个世界，过去和未来，我不能忘记最重要的
东西。

我打开门，冲进房间。

我想把这个答案马上就告诉爱美。

打开手机，现在是半夜一点十八分。"调整"已经进行过了，
爱美已经成为在鞍马分别后前一天的爱美。

但这都无所谓。

我按下通话键，等待她接电话。等候音响起一声……又一
声……

我无意识地把视线投向枕边。

回想起那天爱美趴在枕头上哭的情景。

"……喂喂。"

是爱美的声音，听起来很精神，应该没有睡。

"爱美。"

"……嗯？"

"你知道是我打来的吗？"

"……"

"对不起，先不管这个……"

我不想纠结这些事了。

"我明天……对你来说是明天，对你发脾气了。"

"……"

"因为之前的胡思乱想，我实在忍受不了才会对你说那些过分的话。但现在我都想通了。所有的问题也不再是问题，我都想明白了。"

"……唔。"

她的那一声"唔"里面混合了好多情感，有喜悦也有心安，但也有孤寂和伤感。

"你也很难过吧。"

"是呀。"

我想象着把手放在她肩膀上的情景，语气轻柔平静，但每个字都说得清清楚楚。

"即便如此……我还是喜欢你。"

简简单单，但也饱含了最纯粹的情感。

这份恋情会很痛苦必须接受事实，要有包容对方的觉悟。

但我依然喜欢你，义无反顾地喜欢着你。

"高寿。"

"唔？"

"我也是。"

爱美的声音比刚才更清晰也更热情了。

"我也是义无反顾地喜欢着你。"


[ *4* ]


"这么早没事吗？"

坐头班车来的爱美，走进房间时还有些担心地问我。

"你没睡觉吧。对不起，我待一会儿就走。"

急匆匆赶来的爱美打扮也一丝不乱。如果我们早上见面的话，她或许就是这样的穿着。

但我只穿着家里穿的便服。

窗外天还没全亮，天际的朝霞正处于蓄势待发的阶段。

我俩相视而坐。我毫不犹豫地对她说：

"我想见你。"

爱美的眼神看上去有些沉醉了。

"……我也很想。"

她直视着我的双眼，坚定地说：

"我放下电话，就想要马上见到你。"

"爱美。"

我温柔地呼唤着她，无声无息地拉近我俩之间的距离。接收到我想拥抱的信息，爱美拔出堵塞在心口的塞子，让苦闷散尽，重新袒露真心回到我的身边。

我们拥抱在一起。

手掌感受到她单薄的背脊，颈项的秀发散发诱人清香。

五指穿过她的黑发，轻轻地抚摸着她的头。

我俩保持这样的姿势，耳闻窗外雀鸟鸣啭，享受如蜜河般的时光缓缓流逝。

"讨厌啦。头发都被你摸乱了。"

爱美小声嘟囔，我松开她的身子，却又伸出手，轻抚她的面颊。

她外形尖翘的小耳朵是那么可爱，我忍不住捏住了一边的耳垂。爱美羞红着脸，略带疑惑地笑着问我：

"高寿你怎么啦？"

"爱美一直都在为我努力。"

爱美眨了眨眼睛。

"我们相处的这段时间里，你经常会哭鼻子是吧。"

我摸着她的头，继续说：

"第一次牵手的时候你哭了，因为对你来说是最后一次。那天过后，我们又会回到没有牵过手的状态……我问你能不能做我女朋友那天你也哭了,因为之后你就不再是我的女朋友……改称呼也是，你会从高寿改成高寿君，最后变成客客气气的南山君。而我也不再称你为爱美，而是福寿小姐……所有变化都会恢复原样。最后我们也会变成不认识的人吧……"

我的手掌贴在她的脸颊上，已经能感受到她眼泪的温度，如果轻轻用力，眼泪就会夺眶而出。

"这真是太残忍了。一次又一次让你体会失去的痛苦。"

她的眼眶里已满是泪水，闪闪泪光就像夜晚的海面，中间倒映着一轮明月。

"你已经很努力了。"

泪水决堤。

透明的颗粒顺着脸颊滑落，她忍不住吸了一下鼻子。

"对不起。"

我用手指接住她的泪水，心疼地向她道歉。

"爱美你明天碰到的我，会和你说过分的话。我要先向你道歉，让你伤心了。对不起。"

爱美摇摇头，闭上眼睛，用手去擦眼泪。

"你别说了……我没听见哦。"

然后她又忍不住笑了。

未来的我肯定没有，也不会告诉她这件事，所以她不知道我会向她道歉。

从楼下传来附近主妇打招呼说话的声音。

房间也比刚才要亮堂许多，天已经完全亮了。

"高寿。"

"嗯？"

"谢谢你。"

朝阳照射下的眼眸中倒映着我的样子。

"我不会忘记你说过的话。"

她平静地许下了神圣的誓言。

之后我们接吻，拥抱。

"之后的每一天都会变得越来越辛苦。"

爱美靠在我的胸口，无可奈何地说。

……但我已经深知你的心意。

"但我会继续努力的。"

……我也会努力与你分担那份辛苦。

"其实我呀。"

爱美小声说。

"我非常喜欢你。我从小时候开始，就很珍惜和你度过的每一天。你知道吗？我十岁时，你第一次请我喝茶，我自始至终都害羞得不敢看你。我今后也要像小时候一样，珍惜和你的时光，就算很辛苦也要坚持下去。"

爱美直起腰，紧盯着我的脸。仿佛想在我脸上找出些什么似的。

"我每天都很期待和你见面。"

我握住爱美的双手，想要告诉她。

——你已经做得很好了。

我们在宝池的邂逅，第一次在三条的约会，在电车上一见钟情，下车后我向你搭话。如果可以的话，我真想重来一次……想到这里，我的眼眶也变得微热。

我紧握着你的手，两人好像变成了一个圆环，而你我则是这个圆环的半弧。一个顺时针旋转，一个逆时针旋转，聚少离多。

我们凝视着对方。

我对面是个刚刚哭过的大美女。

"爱美。"

我佩服你的坚持和努力。


真心地爱着你。

终章

[ *1* ]

上山来我家玩。

"好小啊。"

"是你人太大了好吗。"

身高一米九多的上山，低着头走进房门。

"你好，初次见面。"

他笑着向已坐在屋内的爱美打招呼。

"福寿爱美。"

"上山正一。"

"你们是从小就认识的好朋友吗？"

"嗯，光屁股的时候就认识了。"

"真好啊。"

之后爱美便为我们准备茶点。

"听说上山君给高寿提出了很多建议？"

"哈哈，我只是稍稍点拨了一下。这小子是不是很没用啊。"

上山总不忘损我。

"他就像只吉娃娃似的睁着可怜的大眼睛，围着我问'要怎么办才好呢，上山君快教教我啊'。"

"哎！真的吗？"

爱美被他逗乐了，一旁的我却忧心忡忡。

"他第一次约你的时候，拿着手机一直哆哆嗦嗦地抖个不停呢。"

"啊？那时上山君也在吗？"

"电话是在我家打的。哈哈，我把他说的话都记下来了。你要不要听啊？"

"打住！到此为止！"

"我要听！"

爱美看着上山，我的额头已经渗出汗水。

上山这小子把我当时的忐忑和约成功后高兴的样子原封不动地描述给爱美听。我感觉自己就像被剥光了似的，羞死人了。

"他说'成功了！'的时候，口水都流出来了。"

"哪有！别把我说得那么猥琐好吗！"

"啊哈哈哈！"

爱美大笑不止。

差不多聊到傍晚，爱美开始为我们准备晚饭。

"你家妹子真是太可爱了。"

上山悄悄地对我说。

"嘿嘿。"

"看照片的时候就觉得这姑娘太漂亮了，我还担心你追不追得到呢。"

"我不知道你还担心过这个。"

"但现在看来，真不错啊。"

"……"

"和你真是天生一对。"

"……英雄所见略同。"

上山是个有什么就说什么的人，他这样评价我们让我很高兴。

"还是要多谢你这位前辈指点我。"

但上山又略微迟疑地说：

"只是我有些奇怪，最近你好像有点变了。"

晚饭后，我们继续愉快地聊天。时间过得很快，最后我们把上山送到车站。

"保重哦。"

"唔。"

上山又看着爱美说。

"多谢款待，你做的菜非常好吃。"

"今天我也过得很开心。"

爱美被上山带来的气氛感染了，几乎笑了一整天。

"一定要再……"

爱美欲言又止，只是含糊地笑了笑。

"一定要再做饭给我吃哦。"

而上山却没在意地接下了话茬。

"南山就拜托给您了。"

说完他向爱美伸出大手。

爱美的视线从那只大手移动到上山的脸上，眼中划过一丝哀愁，但马上打起精神，睁大眼睛说：

"放心吧！"

她紧紧地握住了上山的手。

此情此景却让我觉得苦涩。

"真是个好人。"

"是啊。"

我俩并排走在归家的夜路上。十点不到，附近却已人烟罕见，寂静无声。

"你有好朋友真让人羡慕呢。"

"羡慕什么？"

"唔，'燃烧的友情！'之类的吧。"

“什么叫燃烧的友情啊？”

“总之就是羡慕。”

不明白。

“高寿。”

“嗯？”

爱美若无其事地说。

“我就要和现在的高寿分别了。”

我能听懂她的意思。

因为她“明天”见到的是昨天的我。

“……是这样的吧。”

“是的。”

我想起上山刚才对我说的话，便问爱美：

“现在的我和之前的我有什么不一样吗？”

“我还没见到之前的你，所以不知道。但我觉得现在的你很成熟，有大人样。”

“大概是我想通了吧。”

“想通？”

“唔，很多事都想通了，也全都接受了。从今以后呢，我要珍惜和你度过的每一天。”

“原来如此。”

爱美抬起头。

“我也想通了呢。”

她凝望着夜空。

"在今天与现在的你分别，并不代表着我们的关系会一点点地……"

我出神地看着她近乎透明的侧脸，时间仿佛在这一瞬间凝固。

"那从今往后，我和爱美都要努力啦。"

"嗯。"

"我们是被时间红线拴着的两只蜻蜓。"

"哈哈。"

"加油。"

我伸出紧握的拳头，爱美疑惑地盯着拳头问：

"为什么是拳头？难道要像漫画里一样让拳头和拳头碰在一起吗？"

"你不是说你羡慕男人燃烧的友谊吗？"

"哈哈，那就来吧。"

"那我来了哦。"

我俩站在路灯昏暗的小道正中，煞有介事地摆出对拳的姿势，傻傻地笑着。

"爱美。"

"嗯？"

"我爱你。"

"嗯。"

我们放下手。

"星星！"

为了掩饰羞涩，她兴奋地指着天空说。

"那是什么星座？"

"这我不太懂欸。"

于是我俩注视着那颗最亮的星星。

"……我们并没有渐渐远离对方。"

一旁的爱美好像在背诵谁说过的话。

"而是首尾连接，结成一个圆环。"

她转过来对我说。

"这是我第一次遇到你时……二十三号那天，你对我说的话。"

应该是未来的我告诉她的吧。

"不久之后的那天晚上，我会觉得担心害怕。你一定要再把这句话说给我听哦。"

这句话和夜幕下爱美的微笑都铭记在我心中最安全的地方。

"我向你保证。"

## [ *2* ]

我和爱美开始度过她为数不多的时光。

大学的课能不上就不上，我带着爱美去了很多地方。

金阁寺、清水寺，在高价天妇罗屋尝鲜，在学生食堂解馋。

与其说我们是按照记事本行事，倒不如说记事本给我们提供了出行参考。

"早上好，高寿君，我要发表今天的行程啦……嗯，今天我们要去银阁寺。"

"遵命！"

两个热恋的傻瓜，疯疯癫癫，时而斗嘴时而傻笑，但也经常觉得伤感。我要把所有爱美存在的美景都装进脑海里。

## [ **5月15日** ]

下雨天，在公寓里过了一天。

"喂，你不觉得奇怪吗？"

"有什么奇怪的？"

爱美边看我写的小说边问我。

"我明明已经看过你的读后感，但你现在才开始读我的原稿。"

爱美苦笑。

我觉得没意思，就躺在被褥上看着爱美。从原稿的厚度判断，她大概快看到公园分别那一幕了。

"我是不是把读后感写下来给你看了呀。"

"是啊。"

我猛地想到。

**那封信现在还在吗？**

我连忙坐起来，转头盯着放那封信的收纳盒。

"怎么了？"

"我想那封信是不是还在。"

爱美一听，表情也跟着变得很微妙，她把手放在稿纸上看着我。

我弯腰爬到收纳盒边上，深吸一口气，再小心翼翼地翻开盒盖往里一看——

"……还在。"

我记得是和以前画的漫画放在一起，就装在一个淡蓝色信封里。

爱美绕到我的身后，趴在我的肩膀上探头看那封信。

"就是这个。"

"是啊。"

"是我写的？"

"是啊。"

"……好神奇。"

"唔。"

我轻轻地取出那个信封。很普通的感觉。

"爱美你要不要看看？"

"好吓人的。不会发生可怕的事吧？"

也是哦，说不定会发生什么时空异变呢。

"那怎么办，我想看看里面的内容……但又不想因此改变什么。"

爱美想了想说。

"那这样吧，我先看小说，然后写感想，最后把两篇读后感合在一起。"

"为什么？"

"完全照抄不太好吧，再说我也的确想看高寿的小说，然后再写出自己的想法啊。"

这是某种意义上的和自己较劲儿吧。于是爱美又把注意力转回到稿纸上。

认真起来的爱美好迷人。我无奈地一笑，顺手把信封放回原处。结果看到了那个口袋书大小的盒子。

……

我忍不住打开。

里面放着一张照片，是我和爱美在宝池拍的。

八天后啊，八天后我和她最后的合影。

下雨了？窗外响起淅淅沥沥的雨声。再看下去心情会变得更糟糕吧，意识到这一点，我赶忙把盒子放回原处。

来杯咖啡吧。于是起身走向厨房。

刚拿起装速溶咖啡的罐子，就感觉有一道视线射向我。

原来视线的发射者是爱美，她用"我也要一杯"的哀求目光看着我。那哀怜的小眼神真是让人受不了，真恨不得走到哪里都把她揣在怀里。

"乖啦，乖啦，知道了。"

爱美马上眯起眼睛，满意地朝我微笑。

"清咖吗？"

"不要，人家现在想喝牛奶咖啡。"

"遵命。"

我往雪平锅里注满水，因为没有水壶，要烧水只能用锅。

冲好的牛奶咖啡放在爱美面前。

"谢谢高寿。"

爱美拿起杯子呼呼吹了几口气，然后喝了一口。

"味道好极了。"

看来她现在心情不错。

"你喜欢这种感觉吗？"

"哪种感觉？"

"就是我帮你泡茶，照顾你的感觉呀——哦，还有，我看见电视里男朋友帮女朋友用毛巾咯吱咯吱擦干头发的感觉很不错，我们来试试吧。"

"我又没洗头，洗了头再试啦。"

"哼！"

我赌气地�“起嘴。哈哈，这种气氛真可爱。

我把自己的马克杯放在桌上，然后从后面抱住了爱美娇小的后背。

爱美挪动了一下身子，让我不至于抱得太累，双目依旧注视着稿纸。这种感受真好啊，抱着自己最爱的人，闻着她头发的香气。温度和感触都在向我传达信息，你最重要的那个人，现在和你之间的距离可是零哦。

我靠在她的肩膀上，听着仿佛永无止境的雨声。

她摸摸我的头，像哄孩子似的说：

"乖哦，乖哦。"

我突然对她说：

"对啦，我弹个曲子给你听吧。"

"好啊。"

我把电子琴找出来，找了几本很厚的杂志垫在下面充当台座。打开开关，就响起接通电源的电流声。

这种天气，只能弹那首了。

"……这是什么音乐？很好听。"

"肖邦的《雨滴》。"

"哦……！"

爱美是相邻世界的人，所以几乎不怎么知道这个世界的名人。

"你听，伴奏声部生动地模仿了单调的雨滴声响。"

"你这么一说的确是，闭上眼睛就能想象出那个画面。"

"嘿嘿，是吧。"

我继续弹琴，爱美也接着看小说。

"高寿，有件事想告诉你。"

"什么？"

"我喜欢你弹的《雨滴》。"

"谢谢。"

我弹奏的肖邦在六叠大的房间里缓缓流淌。

[ **5 月 22 日** ]

见到爱美时，她好像刚刚哭过。

"怎么了？"

"没事。"爱美摇摇头。

因为已经过了高峰，丹波桥到淀屋桥的特快车厢内很空。

我和爱美并排坐在一起。

我发觉身旁的爱美眼神有些特别。她眼睛睁得很大，总是充满好奇地看我。

既视感出现了，好像之前她也用这种眼神看过我。那是什么时候来着？

"枚方是个怎样的地方？"

爱美在打听我们目的地的情况。

"那里有一座名叫'枚方公园'的游乐场很有名，最近在网上经常能见到广告。"

"是吗？"

"还有，那里是 TSUTAYA 的发祥地。"

"TSUTAYA？就是那个租 DVD 的连锁店吗？"

"是啊，车站前就有一号店。"

"好厉害啊，枚方。"

"只是一般的卫星城啦。"

对话进行到一个段落，我眺望着车窗外的风景。独居前每天来回都能看见的八幡市铁桥让我觉得有些怀念。

哦，我想起刚才的既视感是从哪里来的了。

我向爱美搭讪的那天，我们在宝池散步的时候她也像今天一样总是看我。

我回过头，发现爱美还直愣愣地看着我。

这一定是因为昨天才刚与我分别的爱美今天又见到了我的

关系吧。所以才会那么热切地看着我。

还有两天。

明天，就是分别的日子——

我不想被悲伤的情绪左右，拼命让自己不去想这些事。


出了车站，我俩坐上巴士前往父母经营的自行车店。

下车后要走一段路，我好像很久没有回来了。

"读小学的时候我学过一段时间足球。"

"唔。"

"训练结束后，就是走这条路回家的。"

哦？爱美兴致勃勃地开始观察四周。

"那里本来有一家书店，我的第一本《少年JUMP》❶就是在那里买的。"

"是吗？"

"我在这里第一次存钱。"

"哦哦。"

我一边走一边向她介绍。

"这里是高寿生长的故乡。"

"……是呀。"

这的确是生我养我的故乡。

---

❶日本发行量最高的连载漫画杂志。

走到十字路口，我俩向右转，来到卖章鱼烧的小店前。

——啊，又回到这里了。

"闻着好香啊。"

章鱼烧的香气引起了爱美的注意。

"这样的小店看着很别致啊，像是从住家里延展出来的，真好玩。"

"我以前经常在这里买章鱼烧。"

说的时候我想起来了。

十年前，我上完足球课回家的时候在这里碰到了爱美，还和她一起吃章鱼烧。

但这对于爱美来说是以后的事，所以今天爱美是第一次看到这家店。

"哇，三十个这么便宜？"

她看到柜台玻璃板下的价格标签。这么便宜的价格让她大吃一惊。

"章鱼烧本来就是这样的小吃。"

我告诉她说：

"章鱼烧不用做得高端大气上档次，零食店里卖的十元一个的章鱼烧才是最好吃的。怎么样，是不是闻着很香啊？"

"是吗，我今天才知道。"

爱美记下了我的话。

既然来了就买几个吃吧。

　　卖章鱼烧的大婶头上的白发又多了几根，但没有太大的变化。

　　"您好，请给我三十个章鱼烧。"

　　"这么多？"

　　爱美问我。

　　"爱美你十个吃得完吗？"

　　"没问题吧。"

　　"那就三十个，我小时候就很想一次买三十个。"

　　"哈哈，这种感觉我明白。"

　　三十个分成两包。我和爱美站在店旁开始吃起来。

　　墨绿色的塑料碗，附带的小叉子，连包装都没有变，真让人怀念。

　　"真好吃啊。"

　　"是吧。"

　　"这是本地特有的口感。"

　　爱美满意地笑着，呼哧呼哧地吃着章鱼烧。

　　"烫，烫，好烫呀。"

　　烫得她直跺脚，但还是一个接一个地往嘴里放。

　　她现在的样子和那天的"阿姨"重合在一起。

　　她的确就是你，爱美。


　　穿过住宅区的小路，马路对面就有一家不起眼的自行车店。

"那里。"

我指给她看。

"啊，是写着'南山 Cycle'招牌的那家吗？"

我已经通知过父母，今天会带女朋友回家。

穿过马路，走到店门口，母亲就看到了我们。

店铺不算家，我还在犹豫要不要说"我回来了"，爱美已经先我一步上前向母亲打招呼。

"初次见面。"

不愧是爱美，凡事都很积极。

"初次见面。"

母亲也礼貌性地向她回礼。

我俩走进店内，马上就闻到了难闻的机油味。那是从地上那张用了很久的旧地毯上散发出来的，平时父亲都在那里整修自行车。旁边还有一张米黄色的工作台。

"小小心意，不成敬意。"

爱美递上特意买的点心。

"啊，真是让你费心了。"

我看了一眼倒放在地毯上的自行车问母亲：

"……老爸呢？"

"去买烟啦。"

"哦。"

母亲去给我们泡茶，顺便把爱美买的点心拆包。

我和爱美无事可做干站着好像有些尴尬。

我想先向母亲介绍她的时候,父亲回来了。发型还是七三分,身上也还穿着灰色的工作服。

"初次见面。"

爱美向他弯腰行礼。

"啊,你好。"

父亲也客客气气地笑着回礼。

父母都到齐了。四人正式见面。我身边这位是我此生第一个恋人。

好难为情啊。如果是一般情况,我想早点说完就走了,或者根本不会这么快就带女朋友回家。

但爱美不一样。

"福寿爱美小姐。"

我带她回家,并不是为了和记事本上的内容一致。

"是我的女朋友。"

我只是想把她介绍给我的家人。

"这两位是我的父亲和母亲。"

我也想把家人介绍给爱美。

"哎呀,这么漂亮的姑娘,真是便宜了我们家高寿呢。"

母亲不想让气氛那么尴尬,便打趣道。

"……哪里,哪里。"爱美则诚惶诚恐。

他们接着又问我们是怎么认识的。得知我是在车站向爱美主动搭话，父母觉得非常意外。

"是啊，我对她一见钟情。"说这话时，我看爱美的眼神中充满了爱意。

"这孩子真是长大了。"

"是吗？"一旁的父亲反问。

父亲是对儿子的成长最有发言权的人。不懂事的我经常和他吵架。

"孩子他爸，你就没有什么要和高寿说的吗？"

我严肃地看着父亲，等待着他的训诫。

他收起了待客的表情，摆出平常在家那副不咸不淡的态度。

其实我在家也是那么对他的。

"……钱够不够花啊。"

"……够的，我在打工。"

"如果不够就和家里说哦。"

"……嗯。"

别到时候太抠让女孩子跑了。我想他心里应该是这个意思。

"你好像瘦了好多。"

母亲见机缓解气氛。

"有吗？"

"当然瘦了。福寿小姐，高寿可就拜托你照顾啦。"

被委以重任的同时，爱美脸上闪过只有我才能察觉到的哀愁。

"您放心吧。"

她心领神会地微笑着说。

"这么好的姑娘，你这辈子可碰不到第二个。你可千万别让人家跑咯。"

母亲揶揄我道，我强忍着也只有爱美能察觉到的悲伤，斩钉截铁地说：

"我也是这么想的。"

说完后，不禁苦笑。

我们又聊了一会儿天，到了该走的时候。

趁父亲去上厕所的时候，母亲偷偷告诉我。

"你爸爸他从早上就开始问，高寿什么时候到，高寿什么时候到。我让他坐着等，他也坐不住。他还嫌弃店里脏，说要打扫卫生。结果去买烟的时候你们就来了。"

"……"

"你也经常回来看看，要和福寿小姐一起来哦。"

我的心里是五味杂陈，但又说不出口，只能含糊地笑笑。

静悄悄的巴士站只有我们。我俩牵着手坐在长椅上等车。

今天真是个适合散步的好天气。我的心情也变得如清风一般舒缓。

"我知道自己为什么会选择住在丹波桥了。"

我喃喃自语道，爱美转过头看着我。

"本来我也不明白，一个人生活，为什么不找个离学校更近一点的地方，而是选了丹波桥那间不远也不近的公寓。"

"为什么呢？"

"……或许是因为离家太远，我会害怕的缘故吧。"

是啊。

"或许我要比自己想象得更恋家。"

爱美握紧我的手，她的大拇指在我的手背上轻轻摩擦。

我也转过头看着她，眼里渗出了泪水。

明明刚才已经平静下来，但当我感到爱美的温柔和体贴，见到了她聪慧美丽的眼睛，被压抑的情感就再也控制不住。

"……为什么爱美不能成为我们家的一员呢……"

悲痛，绝望，化成泪水流下。我想要和爱美在一起，我想让她当我的妻子。为什么这样的未来，却永远无法实现呢。

看着我哭的爱美，也流下眼泪。

"……对不起。"

"你不用道歉……"

"……嗯……但是……对不起……"

"我不是想……想……说这些……"

午后宁静的巴士站，两个年轻人手牵着手，哭成了泪人。

巴士晚了一分钟到站。

今天结束了。

明天是最后一天。

## [ 5 月 23 日 ]

爱美坐的早班电车到站了。

我在空旷的检票口等了没多久，就看见走上阶梯的爱美。

我们在空无一人的车站内对视。

我正打算像往常那样对她微笑，并举起手打招呼。

但爱美并没有对我展露出熟悉的笑容。

浮现在她脸上的，是那种见到了许久未见的人，略带羞涩又客客气气的笑容。

"——对啊。"

为了让她安心，我要表现得随和一些。于是我主动说：

"这应该是我和爱美的'初次'见面吧。"

"嗯……"

她说话的声音里还带着距离感和迷惑。清丽的面容让人觉得天真烂漫，未经世故。

"你果然没有打算回避啊。"

性格爽利，说话直接，不愧是我的爱美。我慢慢适应状态，但心还是好痛。

"没关系，昨天我已经难受过了，所以心里有准备。"

我是在逞强，准备好了又怎样。

"今天我想认识并了解你，为明天做准备。"

"明天——就是和昨天的我相处做准备是吗？"

"是的。"

"好吧。那我们先去我住的地方。"

"唔，我们走吧。"

我转过身，像往常那样想要和她牵手便伸出了手。但我没有感受到爱美手的温度，心里咯噔一声，我又忘了。

爱美盯着我的手，不知所措。

"啊，对不起。"

我正要打算放弃，她抓住了我的手。

"我还没习惯呢。"

她嘟囔着，脸明显红了。

不知不觉中，我发觉自己会站在年长者的角度看待爱美。明明都是二十岁为什么会这样，或许是因为她对我还不熟悉，下意识地把我当成大人造成的吧。

我们一起度过了四十天，但到最后，两人的状态却颠倒了。

爱美仔仔细细地打量着我的房间。不大的空间被她来来回回地走了好几遍。

"我帮你泡咖啡吧？"

爱美说。

"好啊。"

我告诉她咖啡粉和砂糖还有杯子放在哪里，她开始找水壶。

"我这里没有水壶，烧水都用锅。"

"是吗。"

她一脸很稀奇的样子，拿起锅往里注水。每一步她都学得很认真。

"咖啡粉要放多少？"

"一般的量就可以了。"

"……这么多行吗？"

她把杯底亮给我看。

"这你都要给我看？"

"当然了。"

确认完毕后，虽然不太熟练，但还是稳稳当当地完成了每一个步骤。给人一种点拨下便能一气呵成的感觉。

"真像爱美啊。"

"我就是我啊，怎么是像呢。"

说着她打开了燃气灶的点火装置。

爱美注视着锅里的水，背对着我自言自语道：

"这才像情侣应该有的样子嘛。"

"那有件事我要告诉你。"

"嗯？"

"其实一般在家都是我煮咖啡，应该说你从来就没有煮过。"

她听到后吃惊的表情真是太有趣了。

唉，你还不明白。两人在一起重要的不是什么事谁来做，而是生活中满怀爱意的小细节。比如女生像小孩似的撒娇，男生帮女生擦干头发，这些你还不理解的事情。


爱美摊开新的记事本。

"把我们这四十天来交往的经过都告诉我吧。你记得多少就说多少，我要记下来了。"

我看看她又看看崭新的笔记本，她又从包里拿出那个旧的本子。

"你见过的应该是这本，也就是正本。"

"正本……?"

"正本上记载的就是五年前你告诉我的大概。但你现在的记忆更加鲜明，所以我想再做一本。"

我觉得很诧异，便问她为什么要再做一本?

"因为不想改变你和我的历史。"

她这样一说我就明白了。

"把你能想起来的全都告诉我吧。我们平时都做什么，去哪里玩。我们之间有没有闹过矛盾，或者说过让对方伤心的话。手机上的通话记录也让我看看吧，我要记下通话时间。"

她用真挚的眼神看着我，如果可以的话，她大概会直接飞入我的脑海，像看电影似的把所有的画面都看一遍。我用了差不多三个小时，尽可能地把这四十天的回忆说给她听。

鼓起勇气向她打招呼；第一次约会，告白，相约去了很多地方；在大学的教室里告诉我真相；我想通后解开了心结，等等等等。

还有，我们牵手、接吻、拥抱，以及……

"……谢谢你。"

爱美放下圆珠笔。

我说得口干舌燥，但说完后总觉得有些事不对劲。

这样看来，爱美曾经的口误并不是真正的口误，因为我已经把这些事都告诉她了。

那到昨天为止的三十九天，她其实都知道情节，只是按台本重演一遍吗？

可我也没觉得她是在"演"。到昨天为止，我从没觉得她流露出的情感是装出来的。

我百思不得其解。

还有，爱美今天花了很多时间了解我，在脑内"预演"我们之后会经历的事。但她并没有顾及到我的心情，投以更多的关心，因为对我来说，这也是我最后一次见到她了。

还是直接问她吧。

"……爱美，你问得那么清楚，到时候岂不是很无聊？"

"无聊"这个词一说出口，我自己都有点想哭。

"每个小细节都按照剧本写的去做，爱美你这样根本体会不到恋爱的乐趣了呀。"

与其相反，我的身心都真正融入其中，喜怒哀乐，所有的情感都发自真心。

"不是你想的那样。"

爱美平静地笑着说。

"能在一起就很开心了，就算知道会发生什么，但幸福依旧是幸福，不会作假。"

"但是……"

"唔，你不相信是吗，那你看。"

她抓住我的手臂，靠在我的肩膀上。

"现在的我，心情很好，感觉很舒服，很幸福。所以没问题的啦。"

真是被你打败了。过往那个爱美的感觉又回来了。

我忍不住上前抱住了这个此生独一无二的恋人，心疼地轻抚着她顺滑的头发。

爱美鼻息平稳，窝在我的胸口轻声说：

"真的，真的，没有问题。"


我们一起去商店街买食材。

回到房间后，要早一点做午饭。

因为下午要出门，只是今天出去后，就再也不会回来了。

最后一次看着爱美站在厨房里做菜，我要永远记住这个画面。

最后一次吃她做的菜。

好吃得我都快哭了。

我们来到三条。

我把我们经常去的店、喜欢走的路一个个介绍给她。

两人手牵着手，说了很多话。

我舍不得爱美走出我的视野，看一眼就少一眼。爱美经常被我看得不好意思。

我俩在睿山搭乘电车。

"高寿你是坐这趟车的吗？"

"是啊。"

四十天前，就是我在宝池向她打招呼的那天。

"那我呢？"

"让我想想，你站在那里。"

"你记得真清楚啊。"

"肯定要记得清楚啊。"

车厢内没多少人，这时响起了宝池站的到站提示。

西斜的阳光照进车厢。

"你正要走下去的时候，我在你身后叫住了你。"

我指着月台那段不长的阶梯，爱美往前走去。

自行车存放处旁的樱花树如今已绿叶繁茂。

"还要演练一遍？"

嗯，爱美点点头。

"好吧，你喜欢就好。"

爱美转过身，她的背影仿佛昨日重现。

但她的头发要比那天长很多，樱花树上樱花也都谢了，现在不是洋溢着幸福的春日清晨，而是初夏的黄昏。

"只是，回想起那天的场景我一定会哭的吧。"

我望着天空淡淡地说。

"那天的心情就和现在的你一样。我怕我会忍不住哭出来。"

爱美转过身，看到我的一刹那露出为难的神色说：

"哭起来就不好看了。"

"放心吧，那时候你没有哭。"

演练完后，我俩走向最后一站。


目所能及之处都被染成了金色。

这样的天气很少见，或许是今天的空气特别清澈。这个时段四周的景物都被夕阳的金光笼罩着。

"到了，就是这里。"

我看着数码相机的取景框，找到了合适的场所。

休息室里一块像阳台一样向外凸出的空间，爱美站在栏杆前，背景是水池和国际会馆。

"爱美，你再走过来一点。"

我一手拿着那张照片，指挥爱美站在正确的位置。等她站好后，我也走进画面，和她并排站在一起。

按照拍好的照片取景拍照的感觉好奇妙。

"要拍咯。"

"好。"

我俩面对已经设定好时间的相机，最后看了一眼照片，然后把照片放进口袋，再按照里面的样子摆好造型。靠在一起，微笑。

"……拍好了吗？"

不需要闪光灯，也不知道拍好没有。

"应该拍好了吧。"

我去取相机，确认是否拍好了。

拍下来了。

感觉和原来的那张一模一样。

我从口袋里拿出照片对比。

"真的一模一样哎。"

"是啊。"

"有这么巧？"

"不知道。"

温暖的夕阳照在我们的身上，心中奇妙的感觉久久难以平复。

"感觉怪怪的。"

"真的，好神奇。"

就在我俩都不说话的时候，一阵清风像找准了机会似的吹过。

倒映着山色的水面被风吹起阵阵涟漪。

那阵风仿佛穿透了我的身体，带走了某些东西。

就这样，我们最后的活动也结束了。

剩下的只有——等待离别。

## [ 19 时 33 分 ]

"我对表演很有兴趣。"

我俩走在环绕水池的跑道上，爱美对我这样说。

天色已经很暗了，跑道上的人很少。野鸭拍打翅膀飞进水池，嘎嘎嘎地叫了三声。

"我想着在来的时候或许能派上用场，所以就去学了下，结果一下子就喜欢上了。我原本就在读美容师学校，一直在考虑要不要学表演。"

"哎，去两个学校上课岂不是很辛苦？"

"唔，一个是白天一个是晚上。"

"那你好厉害啊。"

"嗯！……不努力不行啊。"

我突然想起十年前和爱美见面时，她好像说过自己是艺人。

"哦……我明白了。"

"努力，加油！"

爱美好像没听见我说明白了。她日后能成为艺人这件事还是别告诉她比较好。

"爱美你已经很厉害了。"

我想换一种方式鼓励她。

"你看，今天应该算相隔多年后的初次见面吧。但现在我已经忘记这点，觉得已经和你很熟了。"

"那是因为——"

她打断我的话，深吸一口气说：

"因为……你是我的王子。"

这句话沁入我的心田。

"我一直都爱慕着你，做梦都想和你交往……十五岁的时候，听说梦想能够实现，高兴得都哭出来了。所以我们……"

她微笑时，仿佛周身散发着一层光晕。

"所以我们会相爱，是理所当然的事情。"

## [ 22 时 5 分 ]

罐装热咖啡的香味在休息室中飘散。

我们说累了，就靠在墙边，享受着最后的二人时光。

天已经全黑了，天地间仿佛只剩彼此。

远处公路上汽车的引擎声，如风雪般吹进我的耳朵。

池水中，有鲤鱼在游动。

"冷吗？"

"不冷。"

爱美看着我说。她手里拿着和我一样的罐装咖啡。入夜后，温度直线下降。

"……这个罐子，我要带回家做纪念。"

我说。

"爱美的我也要带走。"

"咦，好变态哦。"

她露出久违的巧笑。

"不行吗？"

"洗干净就可以。"

"好吧。"

"……高寿。"

"怎么了？"

"果然有点冷啊。"

她靠着我的肩膀，手牵着手。

[ **23 时 57 分** ]

外形圆润的路灯倒映在水池宽阔的水面上。

　　清风掠过，拉长的倒影轻轻摇曳，看上去就像排列整齐的烛光。

　　路灯和树枝重叠的地方晕出七彩轮光，仿佛天文照片里遥远的星云。

　　像这样出现轮光的地方附近有好几处，宛如一个个观察世界的神秘之眼。

　　我和爱美靠着石墙。我怕错过时间，一次又一次抬起发抖的手确认。

　　悲伤紧张的情绪压得我快虚脱了。

　　我抱住爱美，想用身体感受她的存在，但看不见她的脸又会让我心慌。我也不知道该怎么办，只能望着她，紧紧抓住她的双手。

　　"……好幸福啊。"

　　爱美眯起了眼睛。

　　"我一直爱着的人是如此爱我。我真的好高兴，这绝对是我人生中最幸福的时刻。"

　　她的眼中倒映着我的身影，落下透明的泪珠。

　　"……这只是开始，而我会回到你的昨天，渐渐地与你擦身而过，最终与你分离。"

　　我要履行和她的约定，说出那句话。

　　"……我们并没有渐渐远离对方。而是首尾连接，结成一个圆环。"

　　我握着她的两只手，合在一起说：

"我和你的生命是一体的。"

爱美领会并记住了我的话，连连点头。

我突然觉得生命很神奇，天地间孤孤单单的一个人，但无形间总是和另一个人存在着命运的联系，只是大部分人发现不了那另一个人的存在。

"高寿。"

"……嗯。"

"我是个合格的女朋友吧？"

"绝对是。"

"那你和我在一起，开心吗？"

"没有比和你在一起更开心的了。"

"我知道了。"

顺着面颊流下来的泪珠，滴落在我的衣服上。挺翘的睫毛也已沾湿。

爱美开始渐渐地，渐渐地消失了。

"高寿……你听我说……你一定要再找一个你爱的人……高寿……你一定要幸福……好不好？……答应我……"

我一把抱紧她，在她耳边说，傻瓜，这种事你不用替我考虑。

"啊啊……呜……我……我真的很幸福……"

她在我耳边发出幸福的哭声。

"爱美……"

我按揉着她的后背，用尽所有力气，想让她感受到我的真心。

"谢谢，谢谢你……谢谢你。"

"呜……嗯……我也是……我也是……我喜欢你！我最喜欢高寿了！"

无论是悲伤还是喜悦，我想留住守护爱美的一切。

"……我爱你。"

我感觉到爱美来自内心深处的震动。

"我也是……我也是……"

倏地——

爱美的身体，如东方发白天空中的明月，淡淡地消失殆尽。

我还重复着最后对她说的那句话。

"我也爱你。"

闭上眼睛，只留下光晕中爱美幸福的笑容。


消失了。


远处公路上飘来的引擎声。

休息室下缓缓的池水。

我站立在毫无变化的夜幕中。

泣不成声。

# 尾声

五岁的暑假。福寿爱美在爸爸妈妈的带领下，全家旅行去"隔壁的世界"。

她在幼儿园就听说过隔壁的世界，但真要去那个神奇的地方，还是让她觉得有些小兴奋。她和好朋友聪子提起这件事时，只得到很平淡的反应，并且马上转换了话题。即便如此，爱美还是为即将到来的旅行感到兴奋和期待。

结果来到隔壁的世界后，爱美发现这里和自己居住的小镇没有什么两样。

爸爸妈妈却显得很高兴，还说这里"果然是倒过来的"。这话什么意思爱美并不明白。没有想象中的那么有趣啊，还不如去游乐园呢。

大概是察觉到爱美的失望，爸爸妈妈决定带她去一个"很热闹的庙会"玩。

傍晚的神社附近搭建起很多摊位。来玩的人都和自己一样穿着浴衣，庙会正如爸爸妈妈说的那样，非常热闹。四周悬挂着漂亮的彩灯，到处都是让人流口水的美食。

爱美玩得开心极了。

她捞了金鱼，吃了土豆饼，还喝了波子汽水。东跑跑，西看看，不知不觉就和爸爸妈妈走散了。

爱美东张西望，到处寻找他们的身影，最后因为害怕蹲在路边哭了起来——这时下雨了。

不对。

雨水没那么难闻。被淋到的人都大惊失色，不知有谁说了一句："是汽油吗？"

突然有一个男人从人群中冲出来，跑到爱美面前大喊：

"要爆炸了！！"

他站在一个摊位前挥手大喊，让所有人马上离开。

"快跑！大家快跑啊！"

然后他抓住爱美的手，把她拉了过来。

刹那间——爱美像被电到了似的。

就在接触到那个男人的手的一瞬间，她萌生了一种感觉。

那种感觉是什么呢？

仿佛瞥见了一个非常美好，但也非常沉重的事物的全貌，仅仅只有一瞬间。

爆炸，火焰。

那个人为了保护爱美，把她抱在怀里。越过他宽厚的肩膀，爱美感觉到迎面而来的热风。

惨叫声，呼救声，还有大喇叭发出"请所有人尽快避难"的广播声。现场乱成了一团。

这些都没有吓到爱美。

她的眼里只有抱着她的那个男人。

"没事吧？"

爱美愣愣地点了点头。

男人露出了放心的表情。

接着一种看不见的质感，就像水池中被风吹起的涟漪，从那个男人的身上散发出来，触动了爱美的心房，让她感受到了这个男人的心。

——就是这个人。

她本能地产生了这样的感受。

他是自己一个非常特殊，也非常重要的人。

男人转身看了眼身后。燃烧的摊位，涌起的黑烟，高温和恶臭。如果当时还站在那里，恐怕已经死了吧。

"太好了，看来没出什么大事。"

他说话的声音很好听。

这时爱美在人群中看到了爸爸和妈妈。父母也看到了她。

爱美安心了，但又很担忧。

爸爸妈妈来了以后，他就要走了吗？但我想和他在一起。

从他转身看自己的眼神来看，他好像马上就要离开自己了。

男人把大手放在爱美的脑袋上轻轻地抚摸。

"……永别了。"

为什么他的眼神如此特别。

深邃，寂寞，还有很多其他的情感包含在里面。五岁的爱美无法理解。

不明白，不明白。

他突然自言自语："不对，不是这样。"

抚摸爱美脑袋的大手滑向她圆润的小脸。男人用两只手包裹住爱美的脸庞，吸了一口气，肩膀微微一颤说：

"应该说，我们下次再见。"

然后他站起来，朝爱美身后走去。

爱美猛地转过身问：

"叔叔，还能再见吗？"

那个男人也转过身，笑着点点头。

"还会再见的。"

说完他就迈开脚步……走入人潮，看不见了。

# [ 2010 年 4 月 13 日 ]

……爱美想起五岁那天发生的事情，走上了公寓的楼梯。

三楼狭小的走廊边上并排着绿色的房门。

第五间。

这个房间现在还没有入住者，门把手上挂着电力和燃气的申请书。

今天早晨的阳光很暖和，街上的樱花已落了一半。

四月十三日。

最后一天。

爱美把手放在门上，闭上眼睛，回想着两人的点点滴滴。

眼里渗出的泪水粘在睫毛上。

睁开眼睛后，她鼓励自己，给自己一个明媚的微笑。

然后离开了这个曾经的小家。

她走在每天他送自己去车站的小路上。

来到走过很多次的检票口，走下通往月台的阶梯。

八点零一分到达，出町柳行特快，末尾那个车厢，第二扇门。

她翻看那本用了四十天的记事本，最后确认了一遍。

爱美站到了月台的末尾处，没过多久电车就进站了。

车门敞开。

等为数不多的乘客下车后，她走进车厢。里面人很多。

进门的同时，她就做好了准备，仿佛要执行一个艰难的任

务。不能被人群带走，带走了就不能在正确的时间，找到正确
的目标。

爱美在车厢中逆流而上，越过一个个身穿西服或者制服的
后背，一步步朝最深处前进。

终于，透过胳膊的缝隙，她看见那个志气满满的男子，正
抓着吊环站在不远处。

——高寿。

我终于，来到你的身边。